조상의 얼 톺아보기

소금북 산문선 · 03

조상의 얼 톺아보기

ⓒ장희자, 2023, printed in seoul, Korea

초판 1쇄 인쇄 2023년 09월 05일
초판 1쇄 발행 2023년 09월 11일

지은이 | 장희자
펴낸이 | 박옥실
디자인 | 유재미 정지은

펴낸 곳 | 소금북
출판등록 | 2015년 03월 23일 제447호
발행처 | 강원도 춘천시 행촌로 11, 109-503 (우-24454)
편집·인쇄 | 서울시 중구 퇴계로50길 43-7 (우-04618)

전자주소 | sogeumbook@hanmail.net
구입문의 | ☎ (070)7535-5084, 010-9263-5084

ISBN 979-11-91210-15-6 03810
값 15,000원

· 이 도서는 한국문화예술위원회 2023년도 아르코 문학창작기금
  지원사업에 선정되어 발간된 수필집입니다.

소금북 산문선선 03

조상의 얼 톺아보기

장희자 수필집

소금북
sogeumbook

국립춘천박물관에서 19년째 전시실 설명 봉사를 하고 있습니다. 유물은 조상의 생활상을 짐작하는 또 다른 언어입니다. 역사란 내 조상이 어떻게 살았는지에서부터 출발합니다.

관람객은 왕실이나 사대부가 남긴 화려한 유물에만 관심을 보이고, 선사 유물은 하찮게 여기는 것 같아 안타까웠습니다. 학생들이 "왜 돌을 여기에 가져다 놓았어요?" 물을 때마다 10만 년 전 석기시대부터 시작해 흑요석의 쓰임까지 설명하면 호기심에 눈을 반짝이며 다가섭니다.

상여를 한 번도 본 적이 없는 학생들은 "임금님이 타시던 가마다." "이것은 아기 공주님이 타던 가마." 하며 상여와 요여 앞에 모여들었습니다.

금귀걸이를 보면 "몇 돈 이예요?" "얼마짜리에요?" 묻습니다. 진품명품 방송을 본 시청자는 가보의 내력과 유물의 역사, 예술성보다 소장 가치를 따져 감정가에 관심이 쏠립니다.

사람이 생활하는 모습은 시대가 변했다고 크게 다르지 않습니다. 문화재 속에는 조상의 지혜와 솜씨는 물론, 그 시대를 산 사람들의 생활상, 환경, 정신세계, 사후관은 물론 예술적 가치가 함축되어 있어서 소중합니다.

유물은 우리의 조상과 나, 내 후손의 얼굴이고 삶입니다. 과거와 현재, 미래가 이어져 역사가 됩니다.

캄보디아에 갔을 때 거대한 보리수나무 뿌리가 사원을 무너뜨리고 있는 것을 보니, 가난해 문화재를 보존할 힘이 없는 것 같아서 안타까웠습니다. 인도의 타지마할이나 그리스 역사의 현장, 유럽 박물관에는 관광객이 몰려 관광 수입을 올리고 있습니다.

미래는 조상으로부터 물려받은 솜씨를 창의력이나 상업에 접목해 지식산업과 고부가가치산업으로 돈을 벌어야 한다고 생각합니다.

한국문화예술위원회의 발간지원으로 빛을 보게 되어 기쁩니다. 독자에게 우리 문화재의 우수성을 알리고, 한 점이라도 기억에 남기를 희망합니다.

| 차례 |

| 작가의 말 |

원주 태장동 태실 석함
(강원 유형문화재 제66호)

　사람 키 높이 만 한 반구형 태실 석함이 든든하게 자리 잡고 있다. 사람은 회귀 본능이 있기 때문일까? 부드러운 곡선과 화강암의 질감이 아주 편안하다. 투박한 화강암의 질감이 그대로 살아 있어 뚜껑이 없다면 친정집 헛간 옆을 차지하고 있는 돌절구 같아 가만히 끌어안아 주고 싶다.

　원주 태장동에 있던 강원 유형문화재 제66호 태실 석함은 성종 임금의 왕녀 복란(정순옹주)의 태실 석함이다. 왕녀 복란은 1486년 10월 13일 진시생이며 그해 12월 29일 태를 봉안하였다는 태지석과 토기 내 호, 백자 외호가 함께 있다. 백자 외 호의 뚜껑은 부활, 생명 탄생, 이상향을 상징하는 연꽃봉오리에 구멍이 네 개 있어 몸체와 묶을 수 있다.

태줄은 어미와 아기가 생명과 감성을 교류하는 통로다. '태줄이 튼튼해야 남자는 학문을 좋아하며 벼슬이 높고 병이 없으며, 여자는 예쁘며 단정하다' 하였다. 태는 아이의 생명력이 깃들어 있어 출산 후에도 함부로 버리지 않고 깨끗한 곳에서 태우거나 단지에 넣어 묻었다. 왕실에서는 지기(地氣)가 좋은 곳에 태를 안치하여 왕조의 번영을 이어가고자 하였다. 지금까지 남아 있는 태실이 왕손 수보다 적은 것은 국왕이나 특별한 경우가 아니면 왕실서도 많은 태실을 지속으로 관리하기 힘들어 소실된 것으로 본다.

왕실에서는 비나 빈의 출산 예정일 3개월 전부터 길일을 택해 내의원 도제조를 책임자로 제조, 부제조, 의관, 의녀 등 약 22명 내외로 산실 청이 꾸며진다.

산실 청 관리는 출산일이 임박하면 산모와 태아의 상태를 매일 검진하고 보살폈다. 아이가 태어나면 대신 중에서 아들이 많고 결격 사유가 없으며 덕이 많은 사람을 선정하여 권초지례(倦草之禮)로 산 줄은 맸다.

출산 후 태는 부패 방지를 위해 약제 처리를 한 후 항아리에 넣고, 남은 공간은 기름먹인 한지로 채운 다음 붉은색 끈으로 밀봉해, 남색 보자기로 싸서 백자 외 호 바닥에 개원통보(開元通寶, 토지신에게 샀다는 증표)를 깐 다음 산실의 길한 쪽에 모셔두었다가 길일에 봉안하였다.

화재나 수재가 없었던 명산에 길일을 택해서 태를 묻었으며 태가 묻힌 장소를, 태지 또는 태봉이라 부른다. 왕의 자녀들은 출산 의식과 절차에 따라 태를 봉안할 장소를 관상감에서 물색하고 선공감에서는 태를 봉송할 도로를 정비하고 봉송 관을 임명한다. 당상관으로 안태사(安胎使)를 정해 태를 봉송하는 도중에 일어나는 불의의 사태에 대비하였다.

매장한 후, 봉토하고 태실 비를 세운 다음 태실의 역사를 마치면 토지신에게 제사를 지낸다. 태실 주위에 금표를 세워 투장을 막고, 채석과 벌목, 개간, 방목의 행위를 금했다.

특히 왕세자나 왕세손은 다음 보위를 이어받을 몸이니 태라 하여도 왕세자나 왕세손의 행차에 버금가서 안태사가 태를 봉안할 때는 노래와 춤을 동반하여 주민들이 구경하였다고 전한다. 후에 태실의 주인공이 왕으로 등극하면 주위에 8각 난간을 설치하고 새로운 태실 비를 세우고 3년에 한 번씩 태실 안위 제사를 지냈다.

태실이 들어선 고을은 지방 행정상 읍, 호를 올려주어 고을 백성은 그 자체를 은혜로 여기며 긍지를 가졌다. 조선 시대의 태실은 주로 경기도와 하남에 집중되어 있었으나 일제는 1928년 전국에 산재한 조선왕조 역대 왕실의 태실 53위를 서삼릉에 모아 놓았다.

일본은 장엄하고 격조 높은 왕실의 태실과는 거리가 먼 작고 단순하며 볼품없게 만들어놓았다. 망국과 함께 태를 수호할 경제적 여력이 없었고 도굴꾼의 도굴과 임도를 내거나 개발할 때 걸림돌이 된다는 이유로 태실이 훼손되었다.

형식이 내용을 지배한다. 어제의 시간과 오늘이 이어 역사가 되고, 문화는 새로움을 창조하는 일이다. 문화재 속에는 그 시대를 산 사람들의 생각과 예술성, 정서, 환경 등 모든 것이 함축되어 있기에 소중하다.

모든 전시실 안에는 사람의 숨결과 생각이 담겨 있다. 옛사람과 소통하는 통로다. 태는 엄마와 아이의 생명줄이라 소중하다. 출생과 함께 육중한 돌을 쪼아 석함을 만들어 태를 보관하였던 정성에 저절로 고개가 숙어진다.

유물은 우리의 조상과 나, 내 후손의 얼굴이고 삶이다.

청풍 부원군 김우명 상여
(국가 지정 문화재 제120호)

문화재는 조상의 생활상과 마음을 읽을 수 있는 또 다른 언어다. 국립춘천박물관 전시실에는 1675년에 제작되어 현재까지 전하는 상여 중 가장 오래된 청풍부원군 상여와 요여, 명정 대, 만장 대, 운 삽, 불 삽까지 갖춰있다. 상여를 본 적이 없는 아이들은

"와~" "임금님이 타시던 가마다"

"이것은 아기가 타는 가마."

하면서 호기심에 상여와 요여 앞으로 모여든다.

청풍부원군 김우명은 조선 중기의 문신으로 현종의 왕비 명성왕후의 아

버지다. 대동법을 만드신 김육의 둘째 아들이며 춘천이 낳은 작가 김유정의 9대 조로 묘는 춘천시 안보리에 있다.

청풍부원군 상여는 숙종의 명으로 세종실록 오례의 규정대로 귀후소에서 만들어 외할아버지인 청풍부원군께 하사하신 대여다. 당시 궁중 상여 양식을 갖추고 있어 중요민속자료 제120호로 지정되었다.

저승 가는 길에 타는 상여를 혼인날 타는 가마보다 더 곱게 꾸민 것은 내가 이승에서 누리고 싶은 세상을 저승으로 가는 망인을 통해 간절히 빌고 있는지 모른다.

시신을 묻은 뒤에 혼백과 신주를 모시고 돌아오는 작은 가마 요여, 망자의 신분을 밝히기 위해 품계, 관직 성씨를 적은 명기, 망자를 애도하여 지은 추모 글을 기처럼 만든 만장, 발인할 때 상여의 앞뒤에 서서 사악한 기운을 쫓아내는 구름무늬가 있는 운 삽. 상여의 앞뒤에 세우고 가는 제구로 아(亞) 자를 그린 불삽이 있다.

붉은 명주실을 꼬아 매듭을 짓고 술을 길게 단 유소와 천으로 장식한 진용, 양쪽 옆에는 오색구름과 연꽃을 화려하게 그려 넣고 봉황을 수놓아 내려뜨렸다. 위쪽 난간의 네 귀에는 천계가 머리를 들어 잡귀를 쫓아주고, 앞면과 뒷면을 장식한 용수판에는 청룡과 황룡이 나쁜 기운을 막아주며 가운데는 나무 조각 꼭두로 장식하였다.

꼭두는 경계의 영역으로 꼭두새벽은 밤과 낮이 만나는 시간이고, 꼭두서니는 이승과 저승을 연결하는 존재다. 캄캄한 길을 안내하고 나쁜 기운을 물리치며 남은 자의 슬픔을 위로해 주고, 죽은 영혼을 달래준다.

죽은 자를 지켜주기 위하여 위협적으로 눈을 치켜뜨고 입을 꾹 다문 채,

무기를 든 무사 꼭두, 얌전하게 두 손을 모으고 밝은 표정을 짓고 있는 시종 꼭두, 슬픔을 잊기 위하여 피리를 불고 있는 악사 꼭두, 호랑이를 타고 있는 삼천갑자 동방삭도 있다. 세련되지 않지만 죽은 사람을 편히 보내려는 마음과 정성이 있어서 따뜻하다.

상여에는 효(孝)와 예(禮)가 들어있으며 옛 어른들의 정서가 녹아 있다. 마을에서 초상이 나면 남자들은 마당에서 상여를 꾸미고, 여자들은 수의와 상 옷을 짓고, 음식을 만들며 장례 기간 내내 한마음이 되어 큰일을 치렀다. 술이나 식혜 동이를 이고 갔고, 북어와 한지, 쌀… 저마다 형편이 되는 만큼 성의를 표시하며 내 일처럼 슬픔을 함께 나누었다.

고향의 풍경 한 자락 속에는 동구 밖까지 길게 이어지던 상여 행렬이 숨어 있다. 상여가 집을 떠나 장지로 향할 때, 인생무상과 애절함을 담아 선소리꾼이 요령을 흔들며 이승을 떠나는 아쉬움을 담아 선창하면 상두꾼들이 후 창을 한다. 명기와 만장이 펄럭이고. 모두가 가난하고 힘든 삶이기에 상두꾼 소리에 내 서러움까지 보태서 눈물을 흘리며 마지막 가는 길을 배웅하였다.

관혼상제 중 가장 변화가 느린 것이 상례지만 지금은 간소화되어 상례에도 옛것을 찾아보기 힘들다. 사람이 죽으면 지붕 위에 올라가 죽은 사람의 옷을 들고 복을 불러 떠나는 혼을 불러드리는데 병원에서 죽음을 맞이하니 떠났던 혼은 돌아올 수 없을 것이다.

요즘은 상례가 너무 허술하다. 냇물을 건너기에 앞서 술을 한잔하며 쉬어가고, 여섯 사람이 작대기를 짚고 발차며 부르던 구성진 회다지 소리를 들을 수 없다. 전쟁과 가난의 고통을 경험해 보지 않아서인지 상갓집에 곡

소리가 사라졌다. 빚을 주고받듯이 방명록 작성 후 상주와 눈도장을 찍고, 업체에서 차려준 음식을 먹으면 그만이다.

가격에 맞춘 수의를 입고 리무진에 실려 장지로 향한다. 굴착기로 광중을 파고 메운 후 전문가의 손으로 때를 입히는 일이 기계처럼 돌아간다. 모든 과정이 돈으로 해결하는 세상이다.

나이가 드니 남의 일 같이 느껴지지 않는다. 굴건제복(屈巾祭服)까지는 바라지 않지만, 마지막 가는 길은 화려하게 꾸민 상여에 올라 이승의 추억을 하나하나 던지며 천천히 가고 싶다.

빛바랜 상여는 자라는 아이들에게 우리의 전통문화를 가르쳐주기 위한 소중한 유물이다. 예(禮)를 다해 장례를 치르는 것은 효(孝)의 기본이다. 죽은 자가 산자를 가르치고 있다.

창령사 나한을 닮고 싶다

　국립춘천박물관 2층 전시실을 들어서면 영월 창령사지 출토 나한이 다소곳이 앉아서 반긴다. 화강암의 투박함과 이웃 아저씨 같은 표정에서 마음이 편안해진다. 깨달음을 얻으신 성인이지만 근엄하거나 성스럽지 않고, 그렇다고 속되지도 않고 해학적이며 순박한 얼굴에서 맑은 기운이 돈다. 마치 박수근의 작품을 보는 듯 부드러운데 표정은 생생하게 살아있다. 신선의 모습이 저러할까? 500여 년이란 시간이 흘렀는데도 어쩌면 저렇게 완벽한 형태를 유지하고 있는지. 세계 어디에 내놓고 자랑하여도 손색이 없을 만큼 소박한 강원도의 특징이 잘 나타나 있다.

나한 신앙은 신라 말에 전래되 고려시대에 크게 유행하였다. 나한은 산스크리트어로 아라한의 준말이며 불법을 지키고 대중을 구하는 성자, 모든 번뇌를 끊고 열반에 든 수행의 완성자다. 모든 만물에 부처의 성품(佛性)이 깃들어 있어 누구나 깨달음을 얻으면 부처가 된다. 하는 대승(大乘) 사상이 들어 있다.

영월에 있는 창령사지 나한은 2001년 토지 정리 작업을 하던 중 발견되었다. 온전한 나한 64개와 인위적으로 파쇄한 흔적이 있는 것까지 317개의 나한, 보살상과 부처상 11구, 도자기류, 철재류, 기우제 터와 "창령" 이 새겨진 기와 조각 등 701개의 유물이 나왔다. 두꺼운 장삼 위의 띠 주름과 다양한 복식 표현은 조선 초기의 복식, 나한을 봉안하였던 유적지는 산지 가람과 불교 미술사 연구에 귀중한 자료가 된다.

창령사 출토 나한은 짧은 신체 비례가 특징이다. 동생을 업어 키운 단발머리 언니, 부끄러워 바위 뒤에 숨어서 살짝 바깥을 엿보고, 입을 내민 채 실눈을 뜨고, 고개를 살짝 옆으로 돌린 채 귀를 열고 있는 모습, 볼이 통통한 개구쟁이, 예의범절이 뛰어난 양반집 도령같이 단정하게 두건을 쓴 모습, 쌈지에서 알사탕을 꺼내 주실 것 같은 할아버지, 코와 얼굴이 발그레하게 취기가 도는 어르신, 두 손을 모으고 기도 중이고, 법력이 깊으신 고승, 주름이 깊은 고뇌에 잠긴 모습, 가사를 머리까지 뒤집어쓴 나한이 전시되어 있다.

나한을 조각한 사람들은 나한의 표정처럼 착한 마음씨를 가진 사람이었을 것이다. 나한과 눈높이를 맞춘다. 이 시대를 사는 사람들의 모습을 전시해 놓은 것 같아 연민이 간다. 세상 근심을 혼자 다 짊어진 것 같이 주름이 깊고 표정이 어두운 나한을 보면 얼른 눈을 돌리게 되고, 해 맑은 아이의 모습에서는 슬슬 장난이 치고 싶어진다. 인자한 할아버지를 닮은 나한은 복잡했던 생각들이 슬슬 빠져나가 비우려고 애쓰지 않아도 마음이 편안해진다. 불만이 가득한 찡그린 얼굴, 어깨에 기대고 싶은 자애로운 얼굴, 투정을 부리면 받아줄 것 같은 다정한 얼굴, 인품이 높아 저절로 머리가 숙어지는 얼굴이다.

나이가 들면 얼굴 주름에 그 사람의 일생이 담겨 있다. 한다. 각기 표정이 다른 나한을 보며 사바세계에 사는 자신 모습을 돌아보게 된다. 과연 상대방에게 비친 내 얼굴은 어떤 모습일까? 시간이 지날수록 머리가 맑아지고 얼굴의 주름살이 펴져 나한을 닮아 가는 것 같다. 입꼬리를 올리고 가늘게 실눈을 뜬 채 배시시 웃는 나한이 다가온다. 닮고 싶은 얼굴을 가슴에 새겨 넣었다.

선림원지 파종

　　국립춘천 박물관 제2 전시실에는 불에 녹아내린 선림원지 파종과 현가가 전시되어 있다. 천이백 년의 역사를 품고 산사에 있어야 할 종이 어찌 녹아내려 전시실에 있는가! 통일신라의 종 양식을 잘 갖춘 국보였으나 6.25 전쟁 때 불타 녹아내린 상흔이 생생하게 남아 있다.

　　파종 옆 패널에는 단아한 모습으로 서 계신 스님의 모습이 사진으로 남아 있어 그 당시 종의 실체를 증명하고 있다. 무게감이 있지만, 가운데를 중심으로 물 흐르듯 살짝 좁아진 유려한 곡선과 문양이 얼마나 아름다운가!

종을 매다는 고리 현가는 여인의 긴 머리를 매끄러운 손으로 촘촘하게 땋아놓은 듯 정교하다. 현가는 종 무게의 백배 이상을 견뎌야 해, 불에 달구고 물에 넣어 식히기를 반복하는 단조 기법으로 제작되어 부러지지 않고 유연하면서도 강하다. 현존하는 통일신라 종 가운데 현가가 온전하게 남아 있는 것은 선림원지 종뿐이니 과학적으로 연구할 가치가 매우 크다고 할 수 있다.

선림원지는 구룡령 아래 미천골 계곡에 3층 석탑과 부도, 깨진 홍각선사 탑비가 남아 있는 통일신라 때 절터다. 그 규모가 얼마나 컸는지 끼니때마다 쌀을 씻은 쌀뜨물이 계곡으로 흘렀다 하여 미천골이라 전한다.

단풍 철에 찾은 선림원지는 자욱한 안개가 계곡을 타고 산허리로 올라가고 있다. 원은 스님들의 수행 공간이 아닌가! 닭 소리, 개소리가 들리지 않아야 한다더니 민가가 없는 산중에 삼 층 석탑과 부도가 천이백 년이 넘도록 폐시지를 지키고 있다. 계곡에는 뿌옇게 쌀뜨물이 흘렀다는데 그 많던 스님은 어디에 계실까?

풍 탁 소리 들리는 듯해 귀를 세우고 석탑 앞에 섰는데 고개를 쪽 내민 다람쥐와 눈이 마주쳤다. 공부하던 스님이 다람쥐로 환생하여 절터를 지키고 계시는지 눈을 반짝이며 온몸으로 반긴다. 부서지는 갈잎에서 누룽지 냄새가 난다. 마음을 모으고 석가모니불을 암송했다.

스님이 참선하고 공부하던 수행 공간인 선림원은 10세기에 태풍과 홍수로 산이 무너지면서 건물을 덮쳐서 폐사되었다. 1948년 폭우로 땅이 파이자 숲에 쌓인 채 묻혔던 종이 드러났다. 누가, 왜? 종을 묻었는지 알 수 없다. 발굴된 종은 절이 없으므로 보관과 관리가 쉬운 월정사로 옮겼으나 6.25 전쟁 중 소개령으로 불에 녹아내렸다.

종의 안쪽에는 804년이란 제작 년 대와 지방호족으로 옥천군에 사는 시주자 이름, 당시 관직명과 종의 무게, 경주 사는 영묘사의 큰 스님을 모시고 제작되었다는 종과 관련된 내용과 이두가 있어 종을 연구하는 중요한 자료가 된다.

네 개의 연 곽 안에는 연꽃봉오리가 9개씩 있고, 보상 화문, 당좌, 몸을 약간 옆으로 돌린 채 연화대좌에 앉아 횡적과 요고를 연주하는 주악 천인 상이 있다. 종 아래 띠에는 연꽃과 당초문이 정교하게 돋을새김 되어 있다. 비천의 몸은 통통하나 엄숙하며 기품있다. 얼마나 짜임새가 있고 예쁜지 아 ! 하는 탄성이 절로 나온다.

범종은 중생을 구원하거나, 때를 알리고, 대중을 모을 때 치는 법구로 사물 중 하나다. 종을 만들기 위해서는 시주를 받으러 전국을 돌며 고행하시는 스님, 시주자, 주조 장까지 청정한 마음과 믿음이 있어야 하고, 쇠를 녹이고 붓기를 반복하는 정성이 하늘을 감복시켜야 아름다운 소리를 낼 수 있다. '범종은 소리가 장엄하면서도 청아하여 하늘과 지옥 세계까지 메아리쳐 듣는 자는 복을 받는다.' 하였다. 종을 치면 수만 가지 소리골이 연꽃처럼 피어나 맥놀이가 오래가고 은은하여 가슴을 흔든다. 소리는 물론 문양까지 아름다워야 하는 종합예술품이다.

최근에 주조된 종은 아름다운 연 곽과 당좌, 비천상이 없고 시주자 이름만 빼곡히 들어 있다. 종의 기능만 있고 예술성이 사라져 종소리는 마음을 열지 못한다.

검은색 무생물이지만 온기가 남아 있다. 멀리서 은은하게 들려오는 산사의 종소리가 그리운 날이다.

달항아리

　한껏 꾸미고 치장해야만 아름다운 것이 아니다. 금방 가마에서 꺼낸 듯한 달항아리가 도도하게 전시실 한 칸을 차지하고 있다. 높이가 50cm가 넘고 무늬가 없는 백자다. 맑은 술이 담겨 있을 것 같다.

　우리나라에만 있는 순백의 달항아리는 손잡이도 없고 번잡한 무늬며 장식이 생략되어 있어 정갈하면서도 멋스럽다. 흰색은 순결함과 검소함을 상징한다. 성리학의 근본인 검소함을 생활신조로 삼는 생활 태도와 선비다운 지조, 결백함이 담겨 있다.

백토는 찰기가 적어 한 덩이 흙으로 만들면 처지기 때문에 같은 크기의 호를 두 개 만들어 가운데를 맞붙이기 때문에 넉넉함이 있다. 보름달같이 둥글지 않고 조금은 일그러진 모습이라 더 너그럽고 정이 간다.

흙으로 빚어 유약을 입히고 1,300도가 넘는 가마 안에서 한 점 흘어짐 없이 구운 간결한 결정체. 천년의 세월이 흘러도 변함이 없다. 달항아리라고 똑같은 빛이 아니다. 조금은 따뜻하고 안온해 보이는 유백, 무게가 있고 안정감이 있는 회 백, 만지면 손이 시릴 것 같은 설 백이다.

백토를 바르고 멋을 낸 분청자기가 넉넉한 시골 아낙이라면 달항아리는 세모시로 곱게 단장한 여인과 같이 정갈한 모습이다. 예의범절은 물론 학문까지 높은 경지에 있어 자세가 반듯하고 한 점 흘어짐이 없는 사대부집 안방 여인 같다.

티 한 점 없이 깨끗한 달항아리 안에는 모시 적삼을 곱게 차려입으신 어머니의 모습이 들어 있다. 화려한 색이나 무늬가 번잡해도 싫다, 목이 많이 파진 옷도 싫다. 하여 평생 옷 한번 사드리지 못했다.

어머니의 성격은 바늘로 찔러도 피 한 방울 나오지 않을 만치 차갑고, 소주같이 맑은 분이셨다. 어떤 일이든 대충 넘어가는 일이 없이 완벽함을 좋아하셨다. 무 한쪽을 썰어도 자로 잰 듯 반듯했다. 넓은 대청마루는 옆으로 비춰 보며 얼룩 지지 않게 무릎이 저리도록 싹싹 닦아야 마음에 들어 하셨다. 시집가서 책잡히면 안 된다고 다그치시며 명절 음식, 잔치 음식은 물론 끼니때마다 잔소리를 달고 가르치셨다. 여자의 목소리가 담 밖으로 나가도 안 되고, 발걸음이 경솔해서도 안 된다는 가르침이 몸에 배었으니 음치에 몸치다.

달항아리에 대한 평도 많이 전한다. 달항아리를 신령으로 모셨다는 이우복 선생은 해가 떠오르기 전 어슴푸레한 여명이 사위를 감싸고 있을 때 그 자태가 몹시 장엄하고 황홀하여 순간 벌떡 일어나 큰절을 올렸다 한다. '조선인의 맑은 심성과 온화한 서정을 남김없이 담아낸 조선의 멋이 가장 잘 배어 있는 명품이다. 기품이 넘칠 뿐만 아니라 단순 간결한 형태와 그윽한 조화가 뛰어나서 한국 도자기의 대부 격이다.' 했다.

최순우는 '잘생긴 부잣집 맏며느리를 보는 듯하다. 당당하지만 교만스럽지 않고 부드러우나 알차고, 권위에 차 있으나 내세우지 않는 인격의 완성을 읽을 수 있다.' 했다.

달항아리를 보면서 생각한다. 물이 너무 맑으면 고기가 살지 못하듯, 완벽함보다는 조금은 모자라 보이는 것이 만만하고 편하다. 백토에 덤벙 담갔다가 비로 휙 돌리거나 쓱쓱 긁어낸 분청자기같이 수더분한 사람이 더 정이 간다.

따지지 않고, 자신의 것을 푹 덜어줄 줄 아는 넉넉한 마음을 가진 사람, 김칫국이 옷에 묻어도 훌훌 털고 일어서는 털털한 사람이 편하다. 외모는 단순하고 깔끔한 달항아리를 담고 성품은 분청자기처럼 수더분하다면 더욱 좋겠다. 전시실 안의 달항아리가 천년이 가도 변치 말라 한다. 티 한 점

없이 맑게 살라고 속삭이고 있다.

구석기 사람들과 석기

　개관 시간의 박물관 안은 절간같이 조용하다. 온도와 습도는 물론 조명까지 유물의 보존에 맞추어 있기에 아늑하고 편안하다. 박물관 봉사를 처음 시작할 때만 해도 석기 유물은 냇가에서 흔히 볼 수 있는 돌 같아 보여 하찮게 여겼는데 시간이 지날수록 무궁무진한 이야기를 품고 내게 다가

온다.

전설과 신화와 풍속을 잃어버린 종족은 자기들이 어디서 왔으며 누구인지 모른다. 역사란 깊은 땅속에서 잠자고 있는 과거를 만나는 것이며, 유물은 과거와 현재의 시간을 연결해 주는 중요한 단서가 된다. 그들을 깨워야 만날 수 있다.

구석기인들은 맹수와 기온의 변화에 대처하기 위해 주로 동굴에서 생활하였고 강이나 바다를 끼고 사냥과 채집을 하며 많은 시간, 먹을 것을 구하는 데 소비하였다. 내 눈앞에는 돌과 주먹도끼를 쥐고 짐승을 쫓는 선사시대 사람들 모습이 그래픽 화면처럼 지나간다.

구석기인들은 돌의 크기와 재질, 용도에 따라 돌을 마치 떡 주무르듯 다듬고 날을 세웠다. 좌우 대칭이 잘 맞은 슴베찌르개, 주먹도끼, 밀개와 긁개… 무생물인 돌 안에도 질서가 있고 예술성이 담겨있다.

백두산 흑요석이 양구 상무용리, 양양 오산리, 부산까지 먼 거리를 이동하였다. 그들은 석기 몇 개를 들고 이동하며 생활하였지만, 21세기를 사는 우리가 이사하려면 큰 트럭이 필요하다. 집에 있는 물건 절반을 버려도 생활하는 데는 지장이 없다니 물건에 파묻혀 사는 게 아닌가!

냇가에 앉아 공깃돌을 만들던 때를 생각하면 돌 다루기가 얼마나 힘든지 알 수 있다. 단단한 차돌이 좋은데 잘 깨지지 않아 애를 먹었고 동그랗게 다듬으려다 쪽이 나서 버릴 때는 얼마나 허무하던가. 부딪칠 때마다 반짝반짝 불빛이 보였다. 조금만 빗맞아도 손을 찧어 손톱이 까맣게 죽었고 큰 돌을 옮기다 발등을 찧었다. 마무리 단계에서 엉뚱한 방향으로 깨졌을 때는 울고 싶었다.

먹을 것을 찾아 옮겨 다니는 열악한 환경에서 생존을 위해서는 사회성도 깊은 관계가 있다. 얼마 전 이라크 지방에서 구석기인의 온전한 뼈가 발견 되었다. 놀라운 것은 선천적인 장애를 갖고 태어난 사람이 그 시대의 평균 수명을 살았다는 것이다. 강한 자만이 살아남는 자연의 법칙에서 그들은 육체적으로 강해야만 살아남을 수 있다. 같은 종족의 돌봄이 없었다면 생 존이 불가능 한 일이다.

사람의 생활은 예나 지금이나 크게 다를 것이 없이 어렵고 힘들게 산 사 람들이 정은 더 깊다. 뼈와 함께 주위에서는 보기 드문 여러 종류의 꽃가루 도 발견되었다. 매장 후 애틋한 마음을 담아 꽃으로 치장하였음을 짐작할 수 있다.

우리는 문명의 이기에 빠져 은연중에 약자와 거리감을 두고 차별과 멸시 를 하지 않은가! 장애인까지 보듬고 산 그들의 삶이 구수한 커피 향같이 가 슴을 따뜻하게 적셔주고 있다.

"돌을 왜 여기에 가져다 놓았어요?" 묻는 아이들에게 냇가에서 흔히 볼 수 있는 돌과는 차원이 다르다는 것을 이해시켜야 한다. 백두산에서 화산 이 폭발하였을 때 압력을 받아 생긴 흑요석의 이동 경로와 쓰임까지 설명 하면 아이들의 눈이 빛난다.

'알면 보이고 관심을 가지면 사랑스럽다.' 석기와 눈을 맞추고 대화를 나 누어 본다. 10만 년을 지켜온 저 돌 속에는 소양호를 끼고 갈둔리에 살던 사람들의 이야기가 담겨있다. 몸돌에서 떼어낸 흔적들을 찾으며 오늘도 상상의 나래를 편다. 돌이 돌로만 보이지 않는 이유다.

세조의 피고름 묻은 명주 적삼

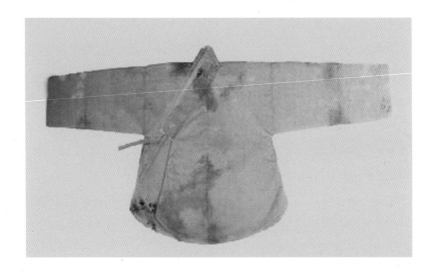

　강원도는 부처님의 진신사리를 모신 정암사와 법흥사가 있고, 선종의 뿌리인 9개 산문 중 강릉의 사굴산문과 영월의 사자산문이 있는 신앙의 성지다. 준경묘와 영경묘가 있는 조선왕조의 발원처며 왕실의 기도처, 기록문화보관소인 오대산 사고, 설악산과 금강산은 사대부들의 기행과 사생의 탐승지다.

보물 제793호인 상원사 목조 문수동자 좌상 복장유물로 불상을 만든 유래를 밝힐 수 있는 발원문과 전적 류, 원각경, 무공 수정주, 후령, 원통, 묘법 연화경 변상도, 세조의 것으로 보이는 혈흔이 묻은 명주 적삼과 생 명주 적삼 등 23점이 있다.

복장유물을 정성스럽게 쌌던 푸른 비단 보자기의 문양을 통해 직조 기술과 섬유공예의 변천사를 볼 수 있고, 명주 적삼은 조선 전기 어의(御衣) 특징이 고스란히 남아 있는 귀중한 자료다.

복장유물 중 명주 적삼은 개인적인 발원으로 짐작한다. 발원문에는 세조의 딸이며 예종의 누님이신 의숙공주와 남편 정현조가 세조와 왕실의 수(壽)와 복(福), 본인의 득남을 기원하며 여러 부처와 보살, 나한, 제석 상을 조성하였다는 기록이 있다.

세조의 딸 의숙공주는 정인지 아들 정현조와 혼인을 하신 분이다. 아버지의 왕위 찬탈의 부당함을 간하여 세조의 미움을 사 부당한 대우를 받았으며 자식을 생산하지 못해 한이 많으신 분이다.

부녀간은 '구백 생의 인연'이라는데 부녀의 정을 끊을 수 있겠는가. 피부병으로 고생하시는 아버지의 치유를 간절히 빌며 피고름이 묻은 명주 적삼을 목조 문수동자 좌상 복장에 넣은 것으로 보아 효심이 얼마나 깊었는지 짐작이 간다.

적삼의 얼룩 성분을 정확하게 밝히기 위하여 의학의 도움을 받았더니 사람의 피와 고름이었다. 등과 어깨 쪽, 앞섶에 얼룩이 묻은 명주 적삼은 부스럼 병으로 고생하셨다는 세조의 치병과 관련된 설을 뒷받침하고 있다.

조선 시대 왕은 육식을 많이 하고 운동이 부족한데 스트레스가 많아서인지 당뇨합병증인 피부병과 안질을 많이 앓았다. 적삼의 크기로 보아 비만 체형인 세조가 피부병을 앓으셨다는 기록이 있다.

종기는 고름을 빠짝 짜내야 빨리 아무는데 옥체에 함부로 칼을 댈 수 없었고 지금처럼 항생제도 없었으니 치료가 힘들었을 것이다. 손톱 밑에 가시가 들어가도 참기 힘든데 종기가 곪아 터져 피고름이 넓게 묻을 정도였으니 그 고통이 얼마나 크셨을까?

일설에 의하면 단종을 낳은 후 3일 만에 세상을 떠난 현덕왕후가 분노를 띠고 세조의 꿈에 나타나 세조의 얼굴을 향해 침을 뱉었다 한다. 파묘되는 것으로도 모자라 아들 단종이 왕위를 빼앗기고 후손도 없이 죽임을 당했으니 얼마나 원통하셨을까. 현덕왕후의 원혼은 꿈에라도 나타나 복수하고 싶었을 것이다.

세조는 명산대찰을 찾아 불공을 드리고 피부병을 치료하셨다. 보름 동안 금강산 온정리 온천에 머물며 피부병을 치료하고 상경하는 길에 불공을 드리기 위하여 상원사에 들렀다.

오대천 맑은 물에 목욕하다가 문수보살을 직접 친견하셨고, 문수보살의 가피로, 병을 치료한 세조는 화공을 불러 자신의 등을 밀어주던 동자 모습을 그리게 하고, 머리를 양쪽으로 묶고 볼과 입가에 천진한 미소를 띠고 있는 동자 상을 대좌나 광배 없이 만들었다.

모든 권력을 쥐었다고 복된 삶은 아니다. '지존은 둘일 수 없고, 군왕의 자리는 부자지간에도 나누어 가질 수 없다' 하지만 조카를 죽인 업보를 평생 짊어지고 살았을 세조에게도 연민의 정이 간다.

유교가 통치 이념인 조선에서 세조는 형수인 현덕왕후 묘를 파내고 서인으로 강등시켜 종묘에서 신주를 빼냈다. 사육신과 연좌된 가족 및 종친까지 희생시킨 엄청난 사건을 지울 수 있겠는가?

홍복사 터에 원각사를 세워 참회하며 부처님의 가피로 밝은 세상이 오기를 꿈꾸었다. 되돌릴 수만 있다면 자다가 가위눌리고 피부병으로 고생하기보다는 대군으로 돌아가 사냥을 즐기며 여유롭게 살고 싶었을지도 모른다.

제왕은 죽어서 한 줌 흙으로 돌아갔으나 피고름 묻은 명주 적삼은 오백년이 지난 오늘까지 흔적으로 남아 많은 이야기를 들려주고 있다. 사육신과 생육신, 그 많은 무리를 제거한 아픔이 있고, 왕권을 강화하고 나라를 반석 위에 올려놓기 위한 제왕의 고뇌가 들어 있다. 피 고름 묻은 명주 적삼에는 끊을 수도, 버릴 수도, 떠날 수도 없는 부녀간의 사사로운 정이 들어 있다. 부왕의 노여움을 삭이고 수와 복을 기원한 공주의 깊은 효심이 들어 있다.

원한은 결국 자신의 영혼을 망가트린다. 피 고름 묻은 명주 적삼이 부와 명예, 권력도 일순간이니 사람의 도리를 지켜라. 욕심을 내려놓으라 한다.

철조 약사여래불
(보물 제1873호)

　국립춘천박물관 2층 전시실에는 강건한 철조 약사여래불이 오른손에 뚜껑을 갖춘 약함을 들고 왼손은 자연스럽게 결가부좌 한 무릎 위에 놓여있다. 고려 초 지방색을 띤 철조 약사여래 불상으로 1912년 원주 학동에서 발견되었다. 삼도가 표시된 긴 목, 좁은 어깨, 안정된 신체 비율, 부드러운 옷의 주름이 특징이다.

　사월 초파일을 앞둔 어느 날 할머니 한 분이 철조 약사여래불 앞에 천 원짜리 지폐를 한 장 놓고 허리를 굽힌 채 합장하고 계시기에 잠시 경건한 마음을 가지고 지켜보았다. 박물관인들 어떠하리! 약사여래불 앞이니 신앙이 깊은 할머니는 저절로 손을 모으고 허리를 숙였을 것이다.

깨달음을 얻으신 부처상은 육계(肉鷄), 백호, 삼도(三道), 가 상징이며 불상 뒤쪽은 두광(頭光)과 신광(身光)을 표현한 광배(光背)가 있다. 외모는 32길상을 갖추고 있다. 서방 극락정토에는 아미타불, 동방 정토에는 약사여래불, 우주 중심에는 비로자나불이 계신다.

철조 약사여래불은 고려 초기 원주에서 주조되었다. 철의 산지인 충북 충주에서 철을 싣고 남한강과 섬강을 통해 원주에 닿았다. 섬강은 남한강과 한강을 거쳐 서해를 통해 수도 개경까지 뱃길이 연결되어 있어 철불 제작소로 명성을 얻을 수 있었다.

철불은 금동불만큼 많이 만들어지지는 않았다. 중앙정치의 기반이 흔들리자 신진 호족 세력들은 새로운 문화를 선도하고자 서민과 가까우면서 비용이 적게 드는 철불을 많이 주조하였다.

선종의 영향으로 통일신라 말부터 고려 초까지 철불이 많이 제작되었는데 원주 지역에서 제작된 철불이 5개 남아 있다. 원주 지역은 고려시대에 철불을 만들 만큼 상당한 수준의 문화와 경제적 부가 집중되었던 곳이다.

철불은 강도는 높으나 표면의 질감이 떨어지고 주조 후 끝마무리가 어려운 단점이 있다. 불상 표면에 틀 자국이 없이 매끄러운 것을 보면 솜씨가 뛰어난 장인에 의해 밀랍 주조 방식으로 만든 것이다.

반듯한 자세와 균형 잡힌 몸매는 범접할 수 없는 위엄을 갖춘 대장부 같다. 큼직큼직한 이목구비는 비례가 맞고 반듯하다. 길게 늘어졌던 귀의 끝부분이 떨어져 나간 것을 빼면 완전한 모습이다.

학덕이 높고 행실이 절제된 아름다움이 있다. U자형 옷의 주름이 넓은 간격으로 숄을 걸친 것같이 자연스럽게 흘러내렸다. 왼쪽 어깨 조금 밑에 있는 잠자리 모양의 매듭은 경주 남산 상룡골 부처의 매듭과 비슷하며 사실적으로 표현되어 있다.

불교에서는 상상의 산인 수미산을 비유해 수미단이라 부르는 불단을 아름답고 신비한 문양이 가득하게 꾸며 놓는다. 철불도 높은 수미단 위에 놓여있었을 것이고 아래쪽에서 부드러운 촛불이 비춰 인자한 미소가 몸 전체로 퍼져서 기도하는 사람들의 근심이 스르르 풀렸을 것이다.

눈높이보다 낮게 전시가 되어 있고 위에서 조명이 비추니 눈꼬리가 위로 올라가 날카로운 느낌이 든다. 자세를 낮추어 엎드려서 올려다보면 입꼬리가 살짝 올라가 모나리자의 미소에 버금가는 아름다움을 지니고 있다. 말로 설명하는 것보다 눈으로 보아야 믿음이 가기에 바닥에 엎드려서 얼굴을 옆으로 돌리고 올려 보라고 권하면, 고개를 이쪽저쪽 돌리며 감탄사가 절로 나온다.

대동화전쟁 막바지에는 무기를 만들기 위해 혈안이 된 일본이 놋그릇과 쇠, 철불까지 공출하라고 닦달하였다. 무지몽매한 사람들은 철불을 무기 제작소로 가져갔고 파손해 엿과 바꾸어 먹었다고 한다. 다행히 약사여래불은 온전한 모습으로 남아 있다. 거무스름하고 단단한 철이지만 차가운 느낌이 들지 않고 입가에 미소를 띠고 있어 듬직하고 믿음이 간다.

모든 액운 거두어 주고 건강과 장수를 주실 것이다.

빗살무늬 토기

　도열 해 있는 토기들이 나를 타임머신에 태워 만 년 전으로 되돌려 놓는다. 정착 생활과 농경의 시작으로 생산물을 저장하고 운반하며 조리도구가 필요해 토기가 만들어졌다.

　옛날이라고 다르겠는가? 생활에서 가장 중요한 물을 토기에 담아 길어오고 저장했을 것이다. 선사시대 사람들은 본능에는 충실해도 지능은 떨어졌을 것이라, 생각했다. 다양한 빗살무늬 토기를 보니 현대인들도 그보다 더 잘 만들 수 없다는 생각이 들었다.

빗살무늬 토기라면 으레 빗금이 있는 토기만을 생각하기 쉽지만, 나뭇가지나 짐승의 뼈를 빗같이 엮어서 그림을 그렸기 때문에 빗금은 물론 파도무늬나 곡선. 번개무늬. 눌러 찍기, 점. 등 다양한 무늬가 있다. 간격과 크기를 일정하게 배열해 놓고, 여러 가지 도형을 배치해 질서가 있고 아름다움이 있다.

무생물인 토기라 할지라도 관심을 가지면 정이 드는 모양이다. 빗살무늬 토기를 보고 있으면, 싸리비 자국이 선명하게 싹싹 쓸어낸 정갈한 마당이 생각나고, 추운 날 양지쪽 햇살 같은 따스함이 묻어 있고, 때로는 시원한 빗줄기가 연상되어 마음속까지 시원해진다. 진흙을 발라 길이 잘 든 시골집 부뚜막같이 나무 타는 냄새가 배어 있을 것 같고, 끌어안으면 어머니 품속같이 따뜻할 것 같다.

어머니가 바느질하고 계시는 토담집의 따뜻한 아랫목에 누운 것같이 편안하고 정이 간다. 크고 작은 토기들이 줄 맞추어 전시된 공간은 친정집 장독대같이 그리움이 담겨 있다.

밑바닥에 잎맥이 선명하게 찍혀있는 토기가 있다. 토기가 서로 붙지 않게 하려고 떡갈나무 잎을 바닥에 깔고 그늘에서 건조했다. 봄에는 잎맥이 선명하지 않아 처서가 지나 수분이 빠져서 잎맥이 선명하게 나타나는 9~10월에 만들어졌음을 알 수 있다.

바닷물이 드나드는 강문동에서 출토된 토기에 도토리가 남아 있다. 흉년이 들면 산으로 가라 하였다. 도토리는 풍년이 들면 적게 열리고 가뭄이 들면 많이 열려서 구황식품이 된다. 조선 시대까지 도토리는 관청의 군자창에 반드시 저장해야 하는 비상식량이었다. 중종 때는 백성들이 쌀을 팔아 관청에 공납할 도토리를 마련했다는 기록이 있다.

왜 도토리를 바닷물이 드는 곳에 저장했을까.? 궁금했다. 도토리의 떫은 맛 타닌이 들어있기 때문이고 타닌이 소금을 만나면 없어진다. 덜 익은 감을 소금물에 침전시키는 이치와 같다. 떫은맛은 없어지고 오래 저장할 수 있어 토기에 담아 바닷물이 드나드는 곳에 묻어 둔 것이다.

토기는 음식 온도를 높여주고 잡냄새를 중화시켜 주는 역할도 한다. 된장찌개는 뚝배기에 끓여야 제맛이 나듯이, 토기에는 흰쌀이 아닌 잡곡을 끓여야 제맛이 나지 않을까?

토기는 유약을 바르지 않은 민얼굴이다. 그저 생긴 대로 저 편한 데로 착하게 사는 조강지처같이 순순한 모습이다. 해진 옷을 기워 입어도 부끄럽지 않고, 기미나 죽은 깨가 드러나도 감추지 않는 믿음이 가는 얼굴이다. 오래도록 보고 있어도 싫증이 나지 않고 담백하다.

많은 사람이 왕족이나 귀족들이 사용하던 자기에 관심을 보이는, 반면 토기는 하찮게 여기기 쉽지만 만년을 이어온 우리의 뿌리다. 전시된 토기들은 찌그러지고 깨진 흔적이 있지만, 토기의 본바탕을 잃지 않고 한결같은 모습으로 만년을 지켜왔다. 사람도 본바탕을 잃지 말고 정직하게 살라 한다. 토기를 닮으라고 속삭인다. 아끼고 사랑하라 한다.

토우 장식 장경호
(국보 제195호)

　신라를 대표하는 토우 장식 장경호(국보 제195호)가 춘천으로 나들이를 왔다. 강원도 토기는 단순하고 소박하다. 토우 장식, 장경호에는 여러 가지 동물과 사람이 있어 관람객은 강한 자석에 끌린 듯 장경호 앞으로 모여

든다.

토우는 흙으로 만들어진 인형으로, 주술적인 행위의 대상이나 무덤에 넣는 부장품으로 풍요와 다산, 벽사의 의미가 있다.

토우 장식, 장경호에는 개구리의 뒷다리를 꽉 물고 있는 뱀, 날개 편 새, 거북이같이 힘과 장수를 상징하는 동물이 있고, 여러 형태의 사람이 보인다. 악기를 끌어안은 모습, 절하는 자세, 임종 모습 등 일상생활과 삶이 진솔하게 표현되어 있다.

남성을 상징하는 부분이 다리 크기만큼 크고 튼튼하게 표현해 다산의 중요성을 말해 준다. 생명은 기쁨이며, 사랑은 이렇게 한다고 남자와 여자가 한 치의 틈도 없이 부둥켜안고 온몸으로 사랑하고 있다. 윤리나 도덕이 가로막기 전, 본래의 모습이다.

우리나라에 생존하지 않는 개미핥기나 원숭이도 있다. 실물과 거의 같은 모습을 보면 상상의 동물이 아니라 그 시대의 사람들은 우리가 생각하는 것보다 먼 거리를 이동하고 교역했음을 짐작할 수 있다.

흙으로 나서 흙으로 돌아가는 우리의 삶을 화려하거나 세련되지 않게, 한 덩이 흙에 이목구비를 손으로 꾹꾹 눌러 놓은 듯 간략하게 표현해, 천진한 얼굴은 진한 감동을 준다.

개띠 해를 맞아 초등학교 공예 시간에 지점토를 나누어 주고 개 만들기를 하였다. 지점토를 받아 든 아이들은 엄두를 내지 못하고 한참을 주무르더니 옆에 아이를 따라서 강아지를 빚고 있다.

반려견이나 애완견으로 재롱을 떠는 강아지만 보아서일까? 대부분 예쁜 방울을 달고 머리에 핀을 꽂고 있는 얌전하고 귀여운 강아지를 빚고 있다.

내면의 특성을 들여다보지 못하고 화려하고 예쁜 겉치장을 중히 여기며 살아가는 모습이다.

꼼꼼하고 오밀조밀한 모습에서 개의 용맹성과 충성심은 어디에서도 찾아볼 수 없다. 사람의 명령에 따라 행동하며 재롱을 떨고 칭찬받기를 원하는 애완용 강아지일 뿐이다. 남은 지점토가 굳어버리면 못쓰게 되는데 생각의 폭이 좁아서인지, 지점토가 남아도 작고 예쁘게 꾸미기에만 열중한다. 아이마다 생김새와 성격이 다르듯이 다양한 모양이 빚어지리라 기대했는데 비슷하게 만들어져 실망했다.

요즘 아이들도 부모의 관심과 사랑을 받기 위해 애완용 강아지처럼 길들어지고 있는 것이 아닐까? 자기 생각을 담지 못하고 부모 관심만 끌려고 하는 것 같다. 자라나는 아이들의 생각이 틀에 맞춘 듯 정례화되어 가는 것 같아 안타깝다.

우리가 유물을 중히 여기는 것은 그 시대의 모든 생활상과 정신세계, 사후관은 물론 예술적 가치가 있기 때문이다. 순장자를 대신한 토우들의 모습은 이승과 같은 삶이 저승에서도 계속 이어지기를 바라는 간절함이 있다. 살아 있는 사람이 베풀 수 있는 최대의 미덕이기도 하다.

찰흙으로 빚어 놓은 작은 토우를 보면서 생각한다. 토우는 탐, 진, 치를 초월한 본연의 모습만 있다. 삶이란 기쁘면 하하 웃고, 슬프면 울고, 남자와 여자가 만나서 사랑하는 아주 간단하고 쉬운 일인데 우리는 이타심으로 힘들게 살고 있다. 배려심이 부족하고, 외모에 치중하고, 욕심이 화를 불러 만족하지 못한다.

'댓잎을 깔고 자고, 도토리 깍지에 장을 담아 먹어도 마음이 편하면 행복하다' 했다. 얼굴에는 그 사람의 이력이 들어있다. 나이 들어 얼굴 가득 주름살이 있어도 삶이 편하면 보살 같은 얼굴이 된다.

흙은 변함없다. 흙에서 태어난 토우는 진실한 모습으로 우리에게 삶의 지혜를 가르쳐주고 있다.

인면 기와와 치미

　취미 생활은 시간과 노력과 경제적인 어려움이 따른다. 취미로 모은 물건을 모아 개인 박물관을 만들거나 기증하여 많은 사람에게 우리 문화재의 우수성을 알리는 사람을 존경한다.

　말간 유리창 안에는 여러 점의 기와가 천년의 세월을 품고 앉아 있다. 동양사상에서 지붕은 하늘을 상징하고 네모난 방은 땅을 상징한다. 집은 곧 우주의 축소판이니 사람은 우주 한가운데서 하늘과 땅의 기를 받으며 생활하고 있다. 생활공간인 집안으로 비가 들어오지 못하도록 다양한 문양의 기와로 지붕을 덮었다.

자연과 조화를 이루고 있는 무채색의 기와 골은 마음을 편하게 안정시켜주면서도 통일과 질서의 아름다움을 지니고 있다. 무게감과 성스러움이 배어 있다. 기와 중에서도 가장 돋보이는 것은 끝을 장식하는 수막새와 치미다. 막 새는 특수한 기와로 낙수를 효율적으로 흘러내리게 하면서 건물을 깔끔하게 마무리해 주는 기능이 있다.

추녀 끝을 장식하는 막 새 기와들의 문양이 다채롭다. 경주 영묘사에서 출토된 인면 기와는 이목구비를 손으로 꾹꾹 눌러 입체감을 주었다. 실눈을 뜬 채 입술을 살짝 들어 올리고 보일 듯 말듯 미소를 띠고 있는 자애로운 어머니요, 미륵보살이다. "그래, 네 마음 내가 다 알고 있다" 하는 표정이다. 항상 처마 끝에서 합죽이 웃고 있으니 눈이 마주칠 때마다 꼬였던 마음이 스르르 풀어질 듯싶다.

묘음, 호음, 마음의 소리를 지녔다는 가릉빈가. 음이 맑고, 깊고, 풍부하여 그 소리는 음악의 신인 긴나라도 흉내 낼 수 없고, 춤과 노래를 즐기는 낙천적인 성격이다. 모진 추위를 이겨낸 강인한 생명력을 지닌 당초문, 진흙탕 속에서 피어도 혼탁함에 물들지 않고, 천년이 지나도 꽃을 피운다는 청정과 불생불멸의 도톰한 연꽃, 상서로운 동물인 용과 봉황. 밀림의 왕으로 군림하듯이 불법을 수호하는 용맹과 지혜를 겸비한 사자. 재앙과 질병을 초자연적인 힘으로 물리치는 귀면.

가장 눈길을 끄는 막 새는 중앙에 커다란 항아리와 나무 한 그루가 있고 상단 위쪽으로는 꽃으로 장식되어 있다. 하단 오른쪽에는 덩실덩실 춤을 추는 토기가, 반대쪽에는 익살스러운 두꺼비가 마주 보고 있다. 모두가 돋을새김이다. 두꺼비는 날렵하게 생긴 토끼와 대조적이어서 해학적이며 흥겹다. 달나라에 사는 토끼와 두꺼비의 설화를 막새기와 한 장에 담아 솔솔 이야기를 풀어내며 배꽃처럼 소박하고 무던한 마음씨가 추녀를 감싸고 있다.

망새라 부르는 치미는 용마루 양 끝을 장식하는 특수기와로 웅장하게 보이는 장식 효과 외에 재앙을 막기 위한 벽사요, 새 꼬리 형으로 하늘과 사람을 연결하는 강녕 사상이 있다.

월지서 출토된 사람들의 키만큼 큰 치미는 미적인 감각과 건물의 크기, 뛰어난 건축술까지도 짐작할 수 있다. 규모가 좀 큰 절터를 발굴하면 근처에 기와를 굽던 가마터와 기와 파편이 나온다. 건물은 소실되었어도 기와는 천년의 향기를 품고 있어 명문이 새겨진 기와를 보고 폐사지의 이름을 유추해 낸다.

요즈음은 하늘을 찌르듯 아파트가 들어서 여유와 멋이 담긴 기와집을 보기 힘들다. 기와도 쉽고 편리함에 익숙해져 수작업의 섬세성과 기능을 익힌 막새기와는 보기 힘들다. 편리함뿐만 아니라 경제적인 계산에 전통 방식을 접고 합성수지나 시멘트 기와를 쓰고 있어 무게감이 없고 무채색의 정취를 느낄 수 없어 아쉽다.

아는 만큼 보인다고 크게 마음 쓰지 않았던 기와를 통해 옛 조상들의 뛰어난 장인정신과 솜씨를 보았고 정취를 느낄 수 있었다. 노후에는 밋밋한 산이 등 뒤에 있고, 앞내가 흐르는 산촌에서 아담한 기와집을 지어 살고 싶다. 오늘도 전시실을 돌며 기와집 몇 채를 지었다 허문다.

만능칼 백두산 흑요석

　까만 유리같이 반짝이는 흑요석에 눈길이 간다. 흑요석은 구석기시대 하이테크 세석기다. 흑요석은 화산활동으로 분출된 용암이 갑자기 압력을 받으며 식어 생성된 유리질의 화성암이다. 화산지역마다 조성성분이 달라 생산지역 구분이 가능한데 우리나라는 백두산에서 출토되고 일본은 규슈지방이 주산지다. 한반도 남부에서 일본산 흑요석이 출토되었다.

화산활동이 전혀 없는 홍천 하화계리. 양양 오산리, 양구 삼무용리에서 출토된 흑요석 성분을 분석하니 백두산이 원산지다. 그 시대도 물적. 인적 교류의 범위가 우리가 생각한 것보다 훨씬 넓고 활발했음을 말해 주고 있다.

중기구석기시대는 석영과 규질암 종류의 자갈돌이 많고, 기원전 6만~ 3만 년 전에는 환경의 변화로 흑요석과 수정, 이암, 응회암 등 다양한 돌을 사용했으며 석기 제작 기술이 비약적으로 발전했다.

검은색 비결정질 천연유리인 흑요석은 유리보다 단단해 탁구공 만 한 몸돌 하나면 수십 개의 좀돌날을 떼어내 막대 끝에 붙여 쓰다가 마모가 되면 바꾸어 쓸 수 있으니 얼마나 실용적인가. 정교하게 쪼갠 면이 날카로워 긁개, 밀개, 뚜르개, 바늘 등 다양하게 쓸 수 있다. 선사시대를 산 사람들에게 흑요석은'맥가이버'에 버금갈 만한 도구다.

만 원권 지폐의 뒷면에 있는'천상열차분야지도' (고궁 박물관에 보관) 는 흑요석에 새겼다. 흑요석은 입자가 고와 세밀하게 표현할 수 있고 단단하여 부식이 더디며, 검은색을 띠고 있어 잘 보이는 장점이 있다. 조선 태조 (1395년) 때 권근 등 12명의 천문학자가 만든 것으로 현존하는 우리나라 최고의 석각 천문도로 역사적 가치가 높다.

목성을 기준으로 적도대의 열두 구역을 차와 분야에 따라 그린 별자리 그림이다. 원의 중앙에 있는 북극을 중심으로 1,467개 별이 위치에 맞게 점으로 표시되어 있다.

흑요석을 만능 도구처럼 썼다는 사실이 믿기지 않았는데 박물관에서 육류를 자르는 시험을 하였다. 고기의 결과 반대로 자르니 싹싹 소리 날만큼 힘 안 들이고 썰어지는데 돌칼은 힘이 들었고 으깨지며 잘렸다. 육류가 잘 썰어지는 것을 보니, 짐승의 가죽을 자르거나 벗기기 쉬웠을 것이며, 밀거나 긁고, 베어내고 다양하게 쓸 수 있었을 것이다.

아프리카 지방에서는 뇌 수술을 한 흔적이 있는데 마취제로 식물 축출물을 쓰고 흑요석 칼로 뇌 수술을 하였을 것이라 하는데 고기를 절단해 보니 그 말에 믿음이 갔다.

요즈음은 보석같이 윤이 나나 값이 저렴하고 무게감이 있으며 온도나 습도에 변형 안 되는 장점이 있어 흑요석으로 만든 장신구가 인기를 끌고 있다. 수정같이 맑고 고운 흑요석으로 만든 목걸이가 갖고 싶은 날이다.

고인돌

고인돌은 지상이나 지하 무덤 위에 큰 덮개돌을 덮은 무덤이지만 간혹 마을의 표지석이나 제단으로 사용한 흔적도 있다. 덮개돌에는 천문관측이나 북두칠성, 별자리, 다산을 기원한 성혈 등이 있다.

세계에는 7만기 정도의 고인돌이 있는데 그 중 우리나라에 약 3~4만기 정도가 있으며 고창, 화순, 강화의 고인돌을 묶어 2,000년 12월 2일 세계문화 유산으로 지정되었다.

고인돌은 자연과 하나 되어 3,000년 전부터 우리 곁을 지켜왔다. 죽은 사람의 집을 만들기 위해서 마을 사람들은 거대한 돌을 옮겨왔다. 인류는 거대한 돌에 초자연적인 힘이 있다는 주술적인 의미와 조상의 영혼이나 신령 등 영적인 존재가 깃들어 있다고 믿었다. 신앙의 대상이나 마을의 이정표, 또는 신이 되기도 하였다.

부족은 결혼이나 조공, 전쟁으로 땅과 세력을 넓혀 갔다. 거대한 고인돌은 마을의 힘을 상징한다. 자기 마을의 고인돌보다 월등히 크면 스스로 무기를 거두고 물러갔다. 한다.

커다란 바위 밑에 낭떠러지가 있으면 떼 내어 운반하기가 편하다. 암석의 틈새에 나무쐐기를 박고 물을 부으면 나무가 팽창하면서 절단되어 낭떠러지로 떨어진다. 지렛대와 통나무 굴림대를 이용하여 운반하고, 흙으로 덮은 경사면을 따라 받침돌 위까지 끌어 올린 후 덮였던 흙을 파내고 매장하였다고 본다. 기계의 힘을 빌리지 않고 사람의 힘으로 그 큰 돌을 운반한 것은 불가능에 가깝다고 생각한 사람들이 다른 혹 성에서 온 우주인이 축조하였다는 이야기를 꾸며 내기도 하였다.

내가 자란 마을 뒷산 양지바른 곳에 커다란 돌이 여러 개 있었다. 너른 돌은 안방 아랫목같이 따뜻하고 깨끗하여 빙 둘러앉아 잡담하고 술래잡기하기에 안성맞춤이라 아이들의 놀이터였다. 평평한 돌 위에 산나물이 마르고 가을에는 빨간 고추가 볕을 쬐고 있었다. 그때는 무덤이라는 상상을 못 했다.

어느 날 낯선 사람들이 모여들더니, 묻혔던 돌을 파내고 지렛대를 이용해 탁자형 고인돌을 만들고 난간을 친 후, 도 지정 문화재 안내판을 세웠다. 난간이 쳐져 있기도 하지만 무덤이라 생각하니 무덤 속 혼이 해코지할 것 같은 생각이 들어 근처에서 놀지 않았다.

새마을 사업이 일어나기 전만 해도 우리는 먹고사는 일이 우선이라 문화재 보존에 관심 가질 여력이 없었다. 근대화 과정을 거치면서 논, 밭을 차지하고 있는 고인돌은 농지 정리할 때 이리저리 옮겨지고 부서졌으며 사력댐 건설로 물속에 잠기기도 하였다.

강원도에는 420기 정도의 고인돌이 있다. 강원도 기념물 4호인 천전리 고인돌은 일제 강점기인 1915년 우리나라에서 최초로 발굴 조사를 하였다. 다량의 무문 토기 편과 석촉(화살과 화살대가 온전히 발굴됨), 관옥, 공열 토기 (천전리 4호분) 등이 출토되었다.

고인돌 위에 있는 성혈 자리는 불임여성이 돌을 갈아 마시면 아이를 갖는다는 속설이 있어 주술적 힘을 믿으며 갈아 마셨다고 전한다. 그곳에는 고인돌이 무리를 이루고 있었으나 소양강 다목적 댐을 만들 때 끌어다 물막이 공사로 쓰고 현재는 5기가 남아 있다.

천전리 고인돌의 성분을 분석한 결과 마적산에서 옮겨온 돌이라 하니, 그 당시 거대한 돌을 옮길 만큼 강력한 집단이 거주하였다고 본다. 천전리는 높은 산이 요새처럼 둘러있고 넓은 들이 있으며 앞으로 강이 흐르는 최상의 거주지였다.

맥국은 도성을 쌓은 흔적과 유물이 출토되지 않아 그 존재를 인정하지 않지만 언젠가는 맥국도 세상으로 나와 실존 국가로 인정받는 날이 올 것이다. 지금 춘천은 신시가지에 많은 인구가 집중되어 있고 천전리는 한적한 시골이다. 천전리 고인돌은 비닐하우스 옆에 초라하게 서 있지만, 역사가 숨 쉬고 있는 문화유산이다. 고인돌을 만든 사람들과 맥국이 빛을 볼 날이 올 것이다.

장례문화도 점차 바뀌어 지금은 화장이 대세를 이루고 지만, 시대별로 무덤의 형태로 변천사를 볼 수 있는 묘지 박물관을 만들어 교육의 장으로 남겼으면 하는 생각이 든다.

한송사 석조보살 좌상
(국보 제124호)

　국립춘천박물관 2층 전시실을 들어서면 아담한 크기의 국보 124호인 한송사 석조보살이 온화한 미소를 지으며 늠름한 사자좌에 앉아 계시다. 강릉시 강동면 남항진에 있던 한송사는 19세기 해일에 의해 폐사되어 석조보살좌상 두 구와 깨진 좌대만 남아 있다.

　무량세계(無量世界) 영롱한 빛을 발하던 백호 흔적만 남고 목 부분을 붙인 흔적 외는 온전한 형태를 갖추고 있다. 원통형 높은 보관을 쓰고 상투 모양의 육계가 관 위로 솟아 있으며 머리카락을 어깨까지 드리운 채, 주름이 깊게 파인 옷은 양어깨에 걸쳐 있고, 영락과 팔찌 등 장신구가 돋보인다. 가느다란 눈, 부드러운 턱선과 온화한 미소, 여유로운 표정, 그 앞에 서면 보살의 기품이 저절로 느껴진다. 오른손 검지와 중지를 뻗어 변설(變說)을 나타내는 수인과 연결 지어 연꽃을 살짝 들어 올리고, 왼손은 검지를 편 채 무릎 위에 올려 있다.

한송사석조보살좌상은 오대산 월정사 보살상, 신복사지 보살상과 함께 고려시대 강원지역 불상을 연구하는 귀중한 자료가 된다. 불상 재료로 널리 쓰는 화강암 대신 석영이 많이 있는 백색 대리석으로 밀가루 반죽을 빚듯이 정교하게 만들었다. 딱딱하고 차가운 느낌의 대리석에서 따뜻함이 느껴질 만큼 선이 곱다. 많은 사람이 쓰다듬어 무릎은 손때가 반질반질하게 묻었지만, 몸체는 석영이 빛을 산란시켜 마치 눈가루를 뿌려 놓은 듯 반짝거려 저절로 손이 간다.

원통형 높은 관을 쓴 보살상은 중국 법문사 은제보살이나 선각보살상과 같은 상으로 신라 말부터 고려 초에 전해졌다. 인도의 밀교가 중국에 수용되어 장안 산서성 오대산 지역을 중심으로 밀교가 융성하였고 요나라에서 유행하게 되었다. 강원도 오대산 지역의 중심 사찰에서만 볼 수 있는 지역적 특성을 보여 강원도는 요나라와 문화적 교류가 있었음을 알 수 있다.

가부좌를 튼 채 한쪽 다리를 편하게 두고 서로 대칭을 이루고 있는 것으로 보아 오죽헌 박물관 보살상과 춘천박물관 보살상은 삼존불의 좌우 협시불로 본다.

법화경, 화엄경, 다라니경에 의하면 문수보살의 대좌는 지혜를 상징하는 사자상이며 보현보살의 대좌는 자비를 실천하는 코끼리 상이다. 사자 좌의 일부분이 남아 있는 것으로 보아 국립춘천박물관에 있는 보살은 문수보살이고 오죽헌 박물관에 있는 보살은 보현보살이다.

두 보살상이 남아 있는 것을 보면 "문수보살과 보현보살이 땅속에서 위로 솟아 나왔다."라고 전해 내려오는 말이 거짓은 아닌 듯싶다.

한송사 석조보살 좌상은 일본으로 밀반출되었다가 한, 일 협정에 따라 1966년 반환된 아픔을 간직하고 있다. 국보는 제작연대가 오래된 것, 시대를 대표하는 것, 학술적, 예술적 가치가 뛰어난 것, 역사적 인물과 관련이 있는 최상급 유물로 법으로 지정된 것이다.

일본으로 밀반출된 국보급 문화재가 어디 한송사 석조보살 좌상뿐이겠는가. 나라를 잃거나 사회가 어지러우면 내 것을 지키기 힘들어진다.

한송사석조보살좌상은 본향으로 돌아왔기에 아주 편안한 모습이다. 중생들의 번뇌와 괴로움을 씻어주는 은은한 미소를 지으며 진리를 깨우쳐주고 있다. 부드러운 턱선과 도톰한 강원도인의 얼굴에 정이 간다. 닮고 싶은 얼굴이다.

환두대도

칼은 약한 자를 누르고 강한 자는 더 강하게 하는 힘이 있다. 베어내기 위해 태어난 칼이지만 백 마디의 말을 품고 있어 가만히 귀를 기울이면 그가 살아온 이야기가 줄줄이 쏟아질 것 같다. 사연이 많을수록 그 내면의 아름다움이 진하게 울림을 준다. 범접하지 못할 위엄으로 다가오는가 하면 때로는 온기를 준다.

인류는 굶주림을 해결하기 위해 만든 돌칼이 칼의 시초였을 것이다. 기원전 4,000년경 이집트 고분과 기원전 3,000년경 피라미드 속에서 철제품이 출토되었다. 분석한 결과 별똥별과 함께 떨어진 운철(隕鐵)로 확인되었다.

우리나라 철기의 시작은 중국과 밀접한 관계가 있다. 중국의 정세변화에 따라 유민들과 이민들이 철기를 가지고 들어오면서부터 시작되었고 기원전 3세기 무렵 북쪽에서 시작하여 기원전 1세기경에는 낙랑군 설치 이후 한반도 전역에 퍼졌다.

철 괴, 송풍관(送風管), 쇠 찌꺼기, 집게 등 철을 생산할 때 필요한 도구가 같이 출토되어야 철기를 생산했다는 믿음이 간다. 우리나라는 중국을 통해 수입되었기 때문에 철제품을 생산하였다고 단정 짓기 어려웠는데, 동해 망상동 유적에서 송풍관과 찌꺼기가 같이 출토되어 직접 철을 생산하였음을 알 수 있다.

작은 부족 국가들은 혼인이나 조공, 또는 전쟁으로 합쳐졌다. 칼과 창 같은 철제 무기는 강력한 군사력을 갖추게 되고 나라의 부강을 가져왔다. 손잡이 끝부분에 둥근 고리가 있는 환두대도는 삼국시대부터 널리 사용하였다. 칼과 칼집에는 다양한 장식이 들어가고 손잡이 끝 고리 안의 장식 형태에 따라 칼을 사용한 주인의 지위나 신분을 알 수 있다.

천안 용원리 1호분에서 출토된 용, 봉황 문 환두대도는 둥근 고리 부분에 금판을 정으로 쪼아서 용의 비늘 모양을 입체적으로 화려하게 표현하였으니 무기보다는 신분을 나타내는 상징성이 더 크다고 본다.

고리 안에 아무것도 없으면 소 환두대도, 세 잎이 벌어진 모양이면 삼 엽 환두대도, 둥근 고리 세 개를 품(品) 자형으로 붙였다면 삼루 환두대도, 용이 있으면 용 환두대도, 봉황이 있으면 봉황 환두대도, 등 형태에 따라 구분된다.

강원도에서는 유일하게 강릉 경포호 근처 고분에서 출토된 삼 엽 환두대도는 경주 지방의 고분에서 출토된 것과 모양과 크기가 비슷해 같은 곳에서 생산된 제품인 듯하다.

경주에서 볼 때 강릉은 중요한 거점지역이므로 신라의 지배 아래 있는 세력가들의 위례 품이거나 하사품으로 외교 신임장과 같아서 그 시대의 사회구조를 연구할 수 있는 귀중한 자료가 된다.

철을 뽑아내려면 용광로의 열을 천도 이상 높이고 높인 열을 오랫동안 꾸준히 유지하려면 나무가 아닌 백탄을 사용한다. 온도를 높이고 오래 유지하는 기술은 철제품 생산과 도자기 생산에 획기적인 변화를 가져왔다.

철로 만든 제품을 생산하는 방법으로 거푸집에 쇳물을 부어 제품을 생산하는 주조와 불에 달군 다음 망치로 두드리고 담금질을 반복하는 단조가 있다. 달군 무쇠를 넓적하게 두드려 펴고 접기를 반복하며 담금질을 많이 할수록 칼날을 오래 쓸 수 있기에 칼날 부위만은 반복되는 담금질과 매질을 해 단련시킨다. 담금질과 접쇠 횟수가 늘어날수록 자연스러운 무늬가 나타나는데, 기묘한 무늬를 지닐수록 유연성이 더해져 부러지지 않는다.

사인검은 인 년(寅年), 인 월(寅月), 인일(寅日) 인시(寅時) 인자가 네 번 겹치는 시간에 맞추어 쇳물을 부어 만든 보검으로 귀신도 능히 물리칠 수 있다는 상징용 검이다. 조선 태조 때부터 제작하였으며 왕이 장수를 신뢰한다는 표시로 장수에게 하사하셨다. 그 검 안에는 옳은 일을 위해서는 왕을 대신한 군사들의 생사여탈 권까지 들어 있다.

대한민국에서도 진급한 장성들에게 별을 달아주며 권위를 상징하는 삼정검을 내린다. 삼정검에는 '삼군이 통일, 호국, 번영의 뜻을 기려 나라를 지키고 국민을 보호하라.' 다른 면에 '산천에 악한 것을 베어내고 바르게 하라'. 하는 글귀가 새겨 있다.

한 자루의 칼은 보는 사람에 따라 서릿발같이 매섭고 단호한 무기지만 널리 보면 장인의 혼이 담긴 종합예술품으로 아름다움을 지니고 있다. 용광로의 열기와 망치 소리는 사라졌지만, 전시실에 있는 환두대도가 동해의 찬란했던 철기문화를 보여주고 있다. 역사란? 끊임없이 과거와 현재를 이어주는 대화다.

금귀걸이와 운모

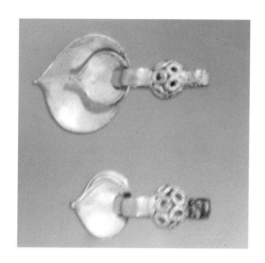

보석 장신구를 싫어하는 여자도 있을까? 박물관에 들어서면 커다란 금 귀걸이와 반지, 팔찌 같은 장신구로 눈이 먼저 간다. 옥과 수정은 이천년이 흘렀어도 영롱한 빛을 띠고 있다. 지금 착용해도 손색이 없을 만큼 디자인 이 세련되고 예술적 감각이 뛰어나다.

강릉 초당동 일대에서 신라 고분이 다수 발견되었다. 고분 안에는 出 자 형 금동관, 은제 날개 모양 관장식, 금귀걸이와 운모, 토기 등이 나왔다. 신라는 고구려의 남하 정책을 막고, 중앙 진출을 위한 발판으로 초당동 수장에게 금동관을 하사하였다.

초당동 나무 덧널무덤에서 금귀걸이와 함께 황남대총, 천마총, 호우총, 등 왕의 무덤에서 출토되는 운모가 나왔다. 시신 받침으로 사용한 강돌 위에 구멍이 뚫린 하트형 운모가 19점이나 출토된 것을 보면 신분이 높은 사람의 무덤인가 보다. 운모는 화강암에서 나오는 광물질로 황색, 갈색, 녹색을 띠며 종류에 따라 용도가 다르다.

덧널무덤에는 토기나 무기같이 생활과 관련된 물건을 껴묻는데 운모가 출토된 것으로 보아 도교 사상과 관련 있을 것이다. 춘추전국 시대 이후 신선에 관해 정리한 도가서(道家書)인 포박자(抱朴子)라는 도교 경전에 신선이 되는 선약 18가지에 등급을 정해 놓았다. 운모는 그중 5번째 영약(靈藥)이다. 운모를 신라인들은 불로불사(不老不死)라 하는데 필요한 영약으로 생각하고, 무덤 주인이 영원히 죽지 않고 신선이 되기를 바라는 마음에서 가족이 묻어주었을 것이다.

평시에 착용하던 금귀걸이를 무덤 속에 넣어 준 것일까? 두꺼운 고리에 작은 고리가 반대 방향으로 연결되어 있고 끝에는 납작한 하트형이 매달려 있어 움직일 때마다 달랑달랑 빛을 발하고 있을 것이다.

금은 빛이 나서 아름답고, 가늘게 빼고 얇게 펼 수 있는 장점이 있으며, 변색이나 부식이 되지 않는 최고의 금속이다. 금은 영원불변하는 금속으로 왕족의 전유물이었지만 높은 가치를 지니고 있어 유목민들도 선호한다.

고구려, 백제 신라, 삼국의 고분에서 출토된 금반지는 단순한 모양인데, 금귀걸이는 꼬인 금실에 금구슬을 꿰어 하트형이나 방추형을 이어 붙여 아주 화려하다. 외형상 금귀걸이가 눈에 잘 띄어 선호하였나 보다.

아이들은 남자도 귀걸이를 했어요? 몇 돈 이에요? 팔면 얼마나 받을까요? 하며 재산의 가치에 관심을 보이고, 어른들은 무거워서 귀에 구멍이 크게 났겠다며 놀란다. 아마도 아프리카 원주민들이 귀를 뚫고 커다란 귀걸이를 착용해 귀가 어깨 가까이 늘어져 있는 모습이 생각나나 보다. 귀를 뚫고 착용한 것이 아니라 금실로 엮어서 귀에 걸었으나 오랜 세월, 금실은 없어졌을 것이며 가운데는 비어있어 생각보다 무게가 덜 나가니 귀가 늘어졌을 리도 없을 것이다.

금은 지금도 귀한 대접을 받는다. 화폐로 사용하는 나라가 있는가 하면 자산의 가치로 소유하기를 원한다. 결혼 예물로 다양한 보석이 선호되고 금의 인기는 줄었지만, 자산가치로 보관하면 든든하기에 사주와 함께, 함에 금반지를 넣어 보내기도 한다. 아이의 백일이나, 돌 선물로도 선호하는 편이다.

무서워서 귀를 뚫을 엄두를 못 내고 살지만 전시된 금귀걸이로 자꾸 눈이 가는 것을 보면 나이를 먹어도 여자는 장신구로 먼저 눈이 가는가 보다. 금반지를 끼고 금목걸이를 하는 것은 내 인생이 금같이 빛나기를 바라는 마음이 들어 있다.

강릉 초당동 무덤의 주인을 상상해 보며 전시실을 나선다.

신석기 전기 유물 교동 동굴

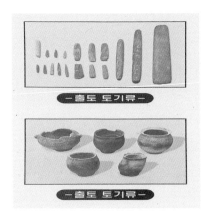

　　교동 동굴은 신석기 전기의 대표유물로 교과서에 실려 있다. 1962년 대학 신축공사를 하던 중 굴착기가 산기슭을 파내다가 우연히 발견되었으며, 한림대학교 내 골프연습장 왼쪽, 봉의산 기슭에 동남쪽을 바라보고 있다.

　　봉의산을 오르는 사람들은 창살로 입구가 막힌 동굴을 본 후 안내문을 읽고 대수롭지 않게 지나친다. 이곳에서 출토된 유물이 국립중앙박물관과 국립춘천박물관에 전시되어 있다는 사실을 모르고 있다.

　　유물로는 생활 도구인 돌도끼(길이 41㎝), 화살촉, 돌 방망이, 토기 5점과 이음 낚시, 꾸미개로 수정과 대롱옥이 출토되었다. 토기는 동북 계열의

납작 바닥이며 무늬가 없는 한 점을 제외하면 나머지는 아가리 부분에 점이나 선으로 이어진 빗살무늬가 있으며 큰 것의 높이가 13cm쯤 된다.

선사시대는 문자가 없었으므로 여러 가지를 종합하여 추정하지만 새로 발굴한 유물을 근거로 역사를 다시 쓰는 매력이 있다. 높은 산은 문화를 차단해, 오산리 문화층이 발굴되기 전까지만 해도 태백산맥이란 커다란 등줄기가 동, 서 문화를 완전히 차단하였다고 생각하였다.

당시만 해도 신석기 후기의 것으로 추정하였으나 오산리 최하 문화층에서 출토된 토기와 이음 낚시, 후포리에서 출토된 대형 돌도끼와 비슷하여 신석기 전기로 연대가 조정되었다. 태백산맥을 중심으로 동쪽과 서쪽이 문물 교류를 하였으며 그 시대의 사람들은 우리가 지금 생각하는 것보다 행동반경이 훨씬 넓다는 것을 알 수 있다.

신석기는 빙하기 이후 달라진 자연환경에 적응하면서 새로운 토기와 간석기로 정착 생활을 시작한 시기다. 사람이 살기 좋은 자연의 조건을 갖춘 곳은 인구가 증가하고 마을이 발전한다.

우리나라는 겨울에 찬 공기를 가지고 있는 북서풍이 불어 북쪽은 높은 산이 병풍처럼 둘러있어 찬 바람을 막고, 남쪽은 트여 있어 적을 살피기에 좋으며, 햇빛을 많이 받고, 물 빠짐이 좋아야 한다. 또한, 어로 채집과 이동 수단이 편리한 물이 흐르고, 자급할 수 있을 만큼, 뜰이 넓으면 최상의 거주지다.

춘천에서도 강을 끼고 뜰이 넓은 서면 일대와 천전리, 미군이 주둔하였던 근화동 일대에 많은 문화재가 매장되었을 것으로 추정한다.

교동 동굴은 봉의산이 찬 바람을 막아주고, 남쪽은 트여 있어 사냥하고 산림부산물을 얻기 쉬우며 인근에 소양호가 있다. 지금은 대학병원과 주택이 밀집해 있지만 60~70년 전만 해도 커다란 연못이 있었다. 지금도 이 근처에서 터파기 공사를 할 때면 샘이 솟아올라 양수기로 물을 퍼내고 방수해야, 신축이 가능하다.

교동 동굴은 천장에 그을음이 더께로 앉아 있는 것으로 보아 주거지로 사용하다가 무덤으로 썼다. 머리를 동, 북, 서쪽으로 두고 가운데 발을 모은 세 구의 뼈가 가지런히 놓여있었다. 왜? 가운데로 발을 모아 두었는지 아무도 풀 수 없는 수수께끼다. 다만 일가족 중 전염병이나 질병으로 세 식구가 사망하자 자신의 주거지에 시신을 안치하고 동남쪽 굴 입구를 막은 후 떠났을 것이란 추측만 한다.

대부분 관람객은 왕실과 귀족 중심의 화려한 유물에 관심 두고 토기나 석기는 하찮게 여긴다. 교동 동굴 유물은 신석기 대표유물인데 관심을 보이지 않아 안타깝다.

문명이 발달할수록 생활 도구나 의례 용품, 사치품까지 품목이 점점 더 늘어나고 정교해지는 것을 볼 수 있다. 편리함 때문에 새로운 것을 찾는다. 우리가 가지고 있는 살림 중 절반쯤 줄이면 불편하기는 해도 생활하는 데는 지장 없다.

오늘도 동굴 안에서 불을 일으키고 석기를 제작하는 그들의 생활상을 그려본다.

윤회 매

(자료출처 : 몽마르뜨)

　알싸한 바람에 옷깃을 여미며 청화백자 특별전을 보러 국립춘천박물관에 갔다. 윤회매가 눈을 확 휘어잡았다. 순백자 항아리에 오랜 풍상을 겪은 듯, 휘어진 매화 가지가 멋스럽다. 백자와 매화, 매화 꽃망울이 기막힌 조화의 극치며 말이 필요 없는 대화다. 오른손은 하늘을 향해 뻗어 있고 왼손끝은 살짝 치켜 올라간 양반춤의 춤사위다. 순 백자와 어우러져 담백하고 청초하다. 초겨울의 매화라니!

조화는 늘 같은 모양과 색을 유지하고 있으며 생명력이 없어 싫증이 나기 쉬운데 내 집 뜰에 핀 매화보다 더 생기가 돌고 깨끗하다. 맑은 것과 고요한 것은 오래간다. 가까운 거리보다 먼 거리에서 더 진한 향기를 맡을 수 있다는 매화! 곰실곰실한 꽃술에서 나는 매화 향이 진하다.

우리 조상들은 생명을 소중히 여겨 살아있는 꽃을 꺾어다 꽃병에 꽂지 않고 밀랍으로 만들어 장식하였다. 죽은 나뭇가지 중 적당히 굵고 휘어진 가지에 감물과 밀랍 녹인 물을 발라 윤기가 나면서 썩는 것을 방지하고 생생한 느낌이 들도록 하였다.

생화는 피는 시기가 다르고 겨울철에는 꽃을 구할 수 없으며 시들고 죽지만 조화는 오래도록 관상할 수 있는 장점이 있다. 꽃이 질 때는 추한데 조화는 간격과 크기를 맞출 수 있고, 꽃봉오리도 적당한 위치에 배치할 수 있다. 또한, 싫증 나거나 계절이 바뀔 때마다 꽃의 종류를 바꿀 수 있어서 좋다. 살아있는 생명의 소중함을 일깨워 주고 영원불멸을 기원한다.

벌은 꽃에서 꿀을 따 밀랍으로 만든 방에 저장한다. 이 벌집은 꿀을 채취한 후 가열과 압축하여 분리하고 남은 것이 밀랍이다. 밀랍은 끈기가 있고 광택이 나며 방부제 역할을 해서 여러 가지 화장품과 의약품, 크레용, 전기 절연제, 양초 원료 등, 쓰임이 많다.

나비가 꽃에서 꿀을 따 밀랍을 만들고 밀랍으로 꽃을 만들었으니 불교의 윤회 사상이 담겨 있어 윤회 매라 한다. 꽃잎 하나하나의 선과 면을 인두로 눌러서 살리고, 노루나 족제비 털에 꿀을 바르고 송홧가루를 묻혀 꽃술을 만드니 진짜 꽃으로 착각한 벌이 날아들었다. 한다. 괴석을 곁들이거나 바위틈에 꽂아 놓으면 한결 돋보인다.

윤회 매를 처음 만든 조선의 실학자 이덕무(1741-1793)는 서자 출신으로 가난하여 책을 살 형편이 안 돼 좋은 책이 있으면 100리를 가서도 빌려왔다. 서출은 과거시험을 볼 수 없어 대부분을 독서로 시간을 보냈다.

이덕무는 밀랍으로 매화를 빚어 놓고 친구를 불러 술을 마시며 시를 짓고 풍류를 즐겼다. 박제가(朴齊家), 유득공(柳得恭)에게 윤회 매 만드는 법을 전수 하였고 윤회 매를 만들어 팔기도 하였다. 커다란 남자의 손이 족제비 털을 하나하나 선별해 꿀을 묻히고 송홧가루를 발라 꽃술이 가지런한 윤회 매 만드는 과정을 상상하면 숨이 막히는 것 같다.

만약 상(牀) 위에 올려놓아도 운치가 없거나, 촛불 밑에서 매화의 성긴 그림자가 생기지 않거나, 거문고를 탈 만한 흥이 돋지 않거나, 운율을 도울 수 없다면, 만든 윤회 매를 팔지 않았다고 하니 솜씨가 얼마나 뛰어나고 자존심이 강한 사람인지 짐작이 간다.

왕실 잔치는 화려하고 아름답게 꾸몄다. 왕과 문무백관 잔치는 담백하고 검소한 꽃으로 장식하였고, 왕비와 여성들만을 위한 잔치는 형형색색의 꽃을 크고 화려하게 만들었다. 안동 하회마을에는 영국 엘리자베스 여왕이 방문하였을 때 고희 기념 잔칫상을 장식한 꽃이 윤회 매다. 그 정성과 화려함에 외국인들도 놀랐을 것이다.

요즘 꽃꽂이 전시장에 출품된 화려하고 정교한 솜씨의 작품이 예뻐서 눈을 사로잡지만, 감동은 오래가지 않는다. 윤회 매에 빠져 버렸다. 사군자 중에 으뜸인 매화는 윤회 매라도 선비의 기품을 잃지 않고 있다. 이익만을 추구하는 요즘 사람들에게 아무리 추워도 지조를 잃지 않고 향기를 팔지 않는 매화를 본받으라 한다.

사임당의 초충도 병풍

신사임당은 오만 원권 지폐의 주인공으로, 시. 서. 화가 뛰어난 분이다. 성리학의 대가 율곡 이이의 어머니며, 현모양처의 상징으로 존경받는다. 특히 꽃, 풀벌레, 포도를 잘 그리셨다. 풀벌레는 살아서 움직이는 것같이 정밀하고 생동감 있게 묘사돼 마당에서 놀던 닭이 달려들어 쪼았다는 일화가 있다.

병풍은 바람을 막아주고, 공간을 나누거나 가리기 위해, 의례 때 장식용으로 폭을 이어 붙여서 펴고 접을 수 있게 만들었다. 초충도 병풍은 머리맡의 바람을 막기 위한 병풍으로 낮다.

신경과 오세창의 발문이 두 폭이고 여덟 폭에는 주변에서 볼 수 있는 식물과 곤충, 도마뱀, 쥐, 개구리, 등을 배치한 섬세한 필치와 단정한 채색이 돋보이는 작품이다. 단순하고 간결한 구도로 화려하지 않으면서 한국적인 멋을 지녔다. 여성 특유의 섬세하고 선명한 필 선이 산뜻한 맛을 더해준다.

첫 폭은 매미와 원추리, 개구리, 벌 등이 있다. 봄을 제일 먼저 알리는 원추리는 어린순을 나물로 먹고 뿌리는 한약재로 쓴다. 매미는 오 덕을 지닌 곤충으로 이슬만 먹어 깨끗하고, 곡식을 축내지 않고, 집이 없어 검소하고, 철에 맞게 울어 절도가 있다. 익선관이 매미의 날개를 상징하듯 매미의 다섯 가지 덕을 칭송하였다.

둘째 폭은 여뀌와 메꽃 개구리, 등이 있다. 메꽃 뿌리는 이른 봄 구황식품으로 부족한 밥그릇을 채워 주던 은혜의 꽃이다.

셋째 폭은 맨드라미, 산국, 나비, 쇠똥벌레 등이 있다. 닭의 볏을 닮은 맨드라미는 관직에 나감을 뜻하며, 풍뎅이는 앞발을 들면 갑옷을 입고 투구를 쓴 무관의 모습이다. 갑 충은 과거에 나가서 갑(장원급제)에 합격하라는 뜻이다.

넷째 폭은 도라지와 접시꽃, 나비 등이 있다. 나비는 완전탈바꿈을 하니 변화와 발전을 상징하며, 번데기가 허물을 벗고 하늘을 날듯이 열심히 공부하여 뜻을 펼치라 한다.

다섯째 폭은 양귀비와 패랭이. 땅강아지, 귀뚜라미, 도마뱀 등이 있다. 땅강아지는 땅을 파고, 날고, 기어오르고, 건너뛴다. 아직은 미숙하나 재능을 갖추라 한다.

여섯째 폭은 오이, 조, 귀뚜라미, 벌, 등이 있다. 오이처럼 쑥쑥 크고 덩굴이 피지듯 자손 번창. 조는 익을수록 고개를 숙이기 때문에 아이가 태어나면 베개 속으로 썼다. 나나니벌은 한자로 세요봉(細腰蜂) 이다. 시경에 나나니벌은 남의 자식을 데려다가 부단한 노력으로 훌륭하게 키워 자신의 학문을 잇게 하는 인재 양성자로 비유하는 곤충이다. 부모를 닮아 똑똑한 아이로 성장하라는 뜻이 있다.

풀이하면 지금은 미숙하고 부족 하나, (땅강아지) 부지런히 노력하여(나나니벌) 결실을 보아(오이) 옛날을 돌아볼 수 있는 어른이 되어(개구리) 자신을 낮추고 덕을 갖춘 사람이 돼라. (조 이삭).

일곱 번째 폭은 가지와 쇠뜨기, 방아깨비, 무당벌레, 벌, 나비, 개미 등이 있다. 가지는 한문으로 가자(嘉子)를 소리대로 가자(加子)로 읽어 자식을 더 낳으라는 뜻이고, 흰 가지(백은가)는 귀한 자식을 뜻하며, 무당벌레의 점 7개는 북두별과 같은 의미로 높은 지위에 오르길 바라는 염원이다.

쇠뜨기는 마디가 끊어져도 새잎이 돋는 생명력이 강한 풀이다. 방아깨비는 한 번에 알을 100개 정도, 낳으니 다산을. 개미와 벌은 두 임금을 섬기지 않으니 임금께 충성하고, 무슨 일이 일어나면 벌처럼 "우~우" 일어나 협동심을 키우라 한다.

여덟 번째 폭은 수박과 쥐, 나비, 등이 있다. 나비는 부부 금실을 수박은 씨가 많아 다산을 상징하고, 쥐는 한 달에 한 번씩 새끼를 낳으니 이보다

번식률이 높은 동물이 있을까? 다산을 상징한다.

사물이 지닌 속성을 인간의 도덕적이나 미적 가치에 견주어 의미를 부여하였다. 우리 주위에서 흔히 볼 수 있는 풀과 곤충들이 머리맡에서 바람을 막아주고 분위기를 띄워주며 마음을 다잡아 준다.

의학 박사 말에 의하면 뱃속에서 태교를 받지 못하거나 태어난 후에도 엄마 사랑이 부족하면 자폐아가 된다고 한다. 여덟 폭의 병풍 안에는 태아 때부터 지혜롭고 덕망 높은 자식 두기를 원하는 부모의 사랑과 정성이 들어있다. 정신문화에 큰 가치가 들어 있는 유물이다.

수월관음도 앞에서

　수월관음도는 은은하면서도 화려하다. 중생을 향한 무한한 자비의 미소, 감고 계신 듯한 자애로운 눈길, 보관에는 화 불이 있고, 늘어진 버드나무, 정병을 들고 계시다. 부드럽게 흘러내린 옷자락 밑으로 보이는 두툼한 발이 복스럽다. 책상 앞에 걸어놓고 매일 관세음보살을 암송하면 저절로 불도가 이루어질 것같이 신비스러운 빛을 띠고 있다.

　붉은색과 녹색 비단옷 위에 얇은 사리가 드리워져 있어 속에 있는 비단옷이 은은히 비치기 때문에 신비감을 준다. '군자의 도는 은은해도 날로 빛나고, 소인의 도는 선명하나 나날이 시들해진다.' 하듯 진정한 아름다움은 안으로부터 나온다.

천년이 지나도 변하지 않는 천연염료로 연꽃과 연잎, 당초 문을 그렸고, 부드럽게 흘러내리는 옷 주름 하나하나를 금니로 선을 둘러 은은한 것 같으면서도 화려하기가 이루 말할 수 없다. 그 정성은 하늘도 감동할 만하다.

관음보살은 서방정토 극락세계의 본존이신 아미타 부처의 왼쪽에 계신 협시 불로 중생을 제도하신다. 수월 관음은 인도 남쪽 해안가 보타 낙가사의 유지(幽池)에 비친 맑고 아름다운 보살을 형상화한 모습이다. 관음은 현실에서 괴로움을 겪는 중생의 음성을 가슴으로 듣는 분으로, 중생의 인격에 따라 서른세 가지의 모습으로 나타난다.

고려시대는 화엄경과 법화경 등 주요 경전의 내용을 변상도로 나타내고 있다. 선재 동자가 문수보살의 인연으로 53 지식을 친견하여 법을 구하는 과정에서 28번째 관음보살을 친견하는 모습이 수월관음도다.

화엄경에는 꽃과 과일나무들이 우거지고, 맑은 샘물이 흐르는 보타 낙가산에 상주하고 계신 관음보살을 선재 동자가 허리를 굽혀 공손한 자세로 합장하고 법문 듣기를 청하고 있다. 하였다.

우리나라의 관음 성지는 서해의 강화 보문사, 동해는 양양 낙산사, 남해는 보리암이다. 양양 낙산사는 의상대사가 창건하셨다. 의상대사는 원효대사와 함께 당나라 유학길에 올랐다가 국경인 요동에서 정탐자로 오해받아 유학길이 좌절되었다.

10년이 지난 후 두 사람은 다시 유학길에 올랐다. 비가 오고 날이 저물어 잠잘 곳을 찾아 굴속에 들었고, 원효는 잠결에 목이 말라 손을 더듬어 머리맡에 있던 물을 달게 마셨는데, 아침에 깨어보니 해골에 담긴 썩은 물이었다. 원효는 모든 것이, 마음에 있음을 크게 깨달아 유학을 포기하고 돌아와 많은 저서를 남기셨다.

유학을 마치고 돌아온 의상은 7일 밤낮으로 기도하여 관음의 진용을 친견하셨고, 바다에서 붉은 연꽃이 솟았으며 동해 용으로부터 여의주를 받으셨다. 관음은 "산꼭대기에 쌍 죽이 솟아날 것이니, 그 땅에 불전을 세우라" 하셨고 그곳에 금당을 지으니 양양 낙산사다. 붉은 연꽃이 솟은 자리는 홍련암이다.

같은 시기에 공부하신 원효대사는 관음을 두 번이나 친견하셨는데 알아보지 못하여 인연을 맺지 못하셨다는 일화가 남아 있다.

우리는 계란형에 코가 오똑한 얼굴이 아닌, 보름달 같으며 밝고 편안해 보이는 사람을 보살 같다고 한다. 눈은 마음의 거울이라 할 만큼 변화가 많다. 몸과 마음에 병이 있으면 얼굴색이 어두우며 탁하다. 보살 같은 얼굴이 되려면 몸과 마음이 건강하고, 덕을 쌓고 욕심을 내려놓아야 가능하지 않을까? 고개를 살짝 쳐든 채 오랫동안 수월관음도 앞에 서 있다. 어머니 같은 눈빛으로 몸과 마음을 얼러 주어 아주 편안하다. 아! 내가 있는 이곳이 바로 관음보살이 계신 곳이구나.

양 모양 청자

    국립춘천박물관 제2 전시실에는 원주시 법천리에서 출토된 한 뼘 크기의 양 모양 청자가 있다. 백제와 관련된 돌널무덤에서 출토되었기 때문에 고분의 제작연대를 파악하는 중요한 단서가 된다. 법천리 돌널무덤에서는 양 모양 청자 외에 청동 자루솥, 발걸이, 말 재갈, 금귀걸이, 철기류, 옥, 유리 목걸이, 토기류 등 많은 유물이 출토되었다.

삼국 초기 서역에서 들어 온 유리구슬은 금보다 귀했고, 금은 왕실 전유물이었다. 출토된 유물의 품질과 내용을 보면 원주에는 부와 권력을 지닌 호족 세력이 자리 잡고 있었다.

백제가 남한강 상류까지 진출하여 영역을 확장한 후 백제왕이 지방 수령 중 가장 상위계층에 하사한 것으로 무덤 주인의 성격을 알 수 있다. 또 섬강이 남한강과 닿고 남한강은 여주 신륵사 앞을 거쳐 한강으로 들어와서 서해와 연결되니 직접 중국과 교역을 하였을 것이라 주장하기도 한다.

강과 바다는 문화가 이동하는 통로다. 법천리 유물을 통해서 천 육백 년 전부터 해상 무역을 한 세력과 마한, 백제, 신라로 이어지는 영서 지역의 문화가 변하는 모습을 찾을 수 있다.

양 모양 청자는 약 4세기에 동진으로부터 수입한 것으로 우리나라에는 한 점만 있다. 뜨거운 불 속에서 얼마나 몸부림쳤으면 흙으로 빚어진 몸에서 영롱한 빛을 발하는가!

푸른빛이 돌면서 황색을 띠는 양 모양 청자는 얼굴에 비해 크고 도드라진 눈, 뿔이 눈과 귀를 돌아 둥글게 감싸고 있어서 귀엽다. 고개를 살짝 올린 모습이며 콧구멍과 삼각형의 수염, 떨어질 것 같이 위로 붙어있는 꼬리가 앙증맞다.

하나의 몸체에 앞다리와 뒷다리가 음각 곡선으로 조각돼있다. 통통한 몸에 비해 다리가 아주 짧게 표현되어 있어 양이 무릎을 꿇고 앉아 있는 형상이다. 정수리에 뚫려 있는 작은 구멍은 향을 꽂기 위해 뚫어 놓았다고 주장하기도 하지만 틀을 짠 뒤 주형을 떠서 제작한 것으로 당시의 뛰어난 도자 조형 기술을 짐작하는 단서가 되기도 한다.

양은 환경이 열악한 조건에서도 잘 자라 유목민들이 많이 키운다. 날카로운 발톱이나 이가 없고, 뿔로 공격하지 않을 뿐만 아니라 시력이 약한 온순한 동물이다. 때문에, 착하고 어진 사람을 양에 비유하며 오랜 세월 사람과 친해 왔다. 양은 신에게 드리는 제물, 사람에게는 털, 고기, 젖, 가죽을 제공한다. 푸른 초원에 하얀 양 떼는 상상만으로도 평화롭다.

무덤이나 사찰의 앞에 양 모양 돌 조각상을 세우는 것은 사악한 기운을 막고 복을 기원하기 위함이다. 사악한 기운으로부터 무덤을 지키던 양 모양 청자가 세상에 나와 박물관을 지켜주고 있다. 양 모양 청자를 보고 있으면 긴장감이 사라지고 여유가 생긴다. 한 뼘쯤 되는 청자 양 한 마리가 1,600년을 이어가면서 많은 이야기를 전해주고 있다.

막혔던 일들이 양처럼 순탄하게 풀려나갈 것 같다. 올해가 양의 해이기 때문에 더 정이 간다.

당상관 후수

(자료출처:경남도민일보)

 남빛 도포 뒷자락에 드리워진 당상관 후수는 붉은 비단에 흰 학이 대비
되어 깔끔하면서도 화려하다. 평상복이 아니라 가까이서 볼 기회가 없었

고 뒷모습까지 관심을 가지지 않았는데 향교에서 열리는 제례를 본 후 "당상관 후수"라는 명칭을 알게 되었다. 제례복 뒷부분까지도 빈틈없이 수를 놓아 치장하였으니 공자와 성현이 감동하셨겠다.

대한민국 황실 공예대전 관람을 하는데 머릿속에 각인되어 있던 당상관 후수가 우수상을 받아 눈에 띄었다. 식물의 열매나 꽃, 잎과 뿌리에서 얻은 염료로 염색을 한 후 십장생이나 길상문을 수놓은 솜씨가 대단하다. 화려한 색의 조화는 물론 여인의 손끝에서 나온 정성과 고운 마음씨까지 담겨 있다.

청색과 황색, 청색과 백색 학이 두 마리씩 4단, 그 사이사이에는 구름 문양을, 위쪽은 금환 2개가 달려 있고, 아랫단은 연화문, 밑은 청색 실로 망수와 수술을 짜서 장식하였다. 붉은색 끈과 흰 바탕에 검은 띠를 두른 끈이 좌, 우 2개씩 늘어져 있다. 8마리의 학과 망수의 문양과 색이 현대적 감각이다. 신분에 따라 의복의 색과 문양이 다른데도 당상관 후수는 음식 위에 얹은 고명같이 돋보인다.

고려시대는 자수가 얼마나 성행하였는지 귀족은 말할 것도 없이 일반 백성의 의복에도 온갖 장식을 한 자수가 넘쳐나 국법으로 금하였다는 기록이 있다. 옷에 현란한 금, 은사를 쓰고 병풍, 보료, 수젓집, 골무까지 수를 놓았으니 고려 정종은 비단옷에 금실이 들어간 것을 금했고, 인종은 서민들이 비단옷 입는 것을 법으로 금하였다.

수를 놓을 때 명주실은 가늘고 보드라워 바늘이 가늘고 짧아야 하고 손끝이 고와야 실이 풀리지 않으며 매끄럽게 수를 놓을 수 있어 양반집 여자의 전용물이었다.

수를 놓는 것도 재료와 시대에 따라 변한다. 언니들의 혼수품으로 만든 햇대 보와 조각 이불, 베갯잇 등은 흰 옥양목에 십자수로 놓았다. 우리 세대는 발이 굵은 옥스퍼드 천에 실이 굵은 불란서 자수를 놓았다. 비단 천은 얇으며 올이 가늘어 삐뚤어진 바늘땀이 금방 눈에 띄지만, 불란서 자수는 문양이 세밀하지 않고 실이 굵어 꼼꼼하지 않아도 표가 잘 나지 않는다.

지금은 소재가 다양하고 염색한 물이 빠지지 않으며 프린트가 잘 되어 있어서 전문가나 취미 생활을 하는 사람이 아니면 수를 놓는 사람이 많지 않다. 여인들은 수틀을 잡으면 시인이 되고 화가가 된다. 화조나 산수문을 오색실로 수놓을 때는 시간이 잘 흘러서 애욕 된 삶을 잊는다.

어느 침선 기능 보유자는 '바늘로 실을 끌어 올리며 울적한 마음을 꼭꼭 찌르기라도 하듯 손을 놀리다 보면 마음이 편안해진다.' 하였다. 수틀 안에는 꿈을 키우고, 시간을 보내고, 사랑을 기다리고, 복(福)과 수(壽)의 염원이 들어 있다. 한 땀 한 땀 이어진 문양마다 여인의 정성이 들어 있다. 고운 비단 위에 색색의 실을 꿰어 수를 놓고 있는 어느 여인의 섬섬옥수가 그려진다. 발길이 화려하고 아기자기한 당상과 후수에 오래도록 머물러 있었다.

잔무늬 거울

골목 안에 있는 새로 지은 원룸 외벽에는 커다란 거울이 붙어있다. 이 거울 앞에 서면 다리는 길고 몸이 날씬해 보인다. 처음에는 거울 앞에 서기가 쑥스러워 지나칠 때마다 흘깃흘깃 쳐다보았는데 날씬해진 내 모습이 보기 좋아 거울을 한참씩 본다.

사람들은 언제부터 거울을 보게 되었을까? 세수하러 냇가에 갔다가 잔

잔한 물속에 비친 모습이 거울의 시초가 아닐까? 청동기 시대의 잔무늬 거울은 일상용품이 아닌 의례용이었다고 한다. 기계의 힘을 빌리지 않았는데 잔무늬 거울의 골은 한 치의 오차도 없이 정교하다. 청동 거울은 시대상과 통치 이념이 있기에 문양을 볼 수 있도록 전시되어 있다.

거울 표면에는 인간이 꿈꾸는 이상향은 물론 경계하고 깨우침을 주는 내용이 들어있다. '고려 국조' 명문이 들어가 있는 거울에는 장수를 기원하는 십장생, 천당과 지옥의 모습, 법화경, 현실 세계와 이상향이 한데 어우러진 거울까지 … 시대에 따라 변하는 거울의 문양을 꼼꼼하게 살펴보는 것도 재미있다.

국립춘천 박물관 고려 실에는 '허유와 소부'의 고사성어가 담긴 거울이 있다. 요 임금이 한성에 살던 허유에게 덕이 많으니 나 대신 천하를 다스려 달라며 높은 벼슬을 내리자 영천 수에 귀를 씻었다. 마침 소를 몰고 그 앞을 지나던 농부는 귀를 씻은 더러운 물을 소에게 먹일 수 없다며 소를 몰고 상류로 갔다. 허유는 나무 위에 집을 짓고 살 만큼 청렴하였으며 어질고 고귀한 사람이다. 나무를 가운데 두고 왼쪽의 귀를 씻는 모습과 오른쪽의 소를 몰고 가는 모습을 들여다보고 있으면 할머니가 들려주시던 옛날이야기가 술술 풀려나오는 것 같아 즐겁다.

명예와 벼슬을 귀히 여기는 사람은 '허유와 소부'를 어리석다고 한다. 요즈음 같은 세상에는 더러운 말을 들었다고 영천 수에 귀를 씻기는커녕, 본인 능력은 안중에도 없이 절호의 기회다 싶어 천하를 손에 쥐고 흔들 궁리부터 하였을지도 모른다.

거울은 얼굴이나 몸을 비추어보기도 하지만 그 쓰임새가 다양하다. 오목 거울은 물체의 상이 뒤집혀 보이지만 크게 확대할 수 있는 장점이 있어 치과에서 쓴다. 구부러진 길의 반대쪽에서 오는 차를 보기 위한 반사경, 자동차의 백미러, 등대의 탐조등이나 현미경의 반사경, 진열장, 등 일상생활에서 거울을 이용한 것이 많다.

벽면 대신 뒤에 서 있는 과일가게의 거울은 과일이 잔뜩 쌓여 있는 것처럼 눈을 속이기에 좋다. 어느 집 거실 측면 전체가 거울로 되어 있기에 거실이 한층 더 넓어 보인다. 무용이나 스포츠 댄스를 배우는 방은 모든 면이 거울로 되어 있어 춤을 추는 자신의 몸동작을 볼 수 있으며 춤에 몰입하면 황홀하다 한다.

거울의 쓰임을 생각하다가 엉뚱하게도 사람의 마음속도 훤히 비쳐 볼 수 있는 거울이 있으면 어떨까 상상하게 되었다. 상대방의 마음을 훤하게 비쳐 볼 수 있다면 모든 일을 사무적으로 처리하게 되어 삶이 너무 건조해지지 않을까? 그런 거울이 없는 것이 참으로 다행이란 생각이 든다.

우리 집은 상반신만 볼 수 있는 크기의 거울이 있는데 몸이 부은 것같이 보이는 것을 보면 거울도 반사면에 따라 조금씩 차이가 나는 것 같다.

입꼬리를 살짝 올리고 웃는 연습을 하라는 "행복하게 사는 법" 강의를 들은 후부터는 외출하기 전에 꼭 거울을 보고 웃는 연습을 한다. 거울은 아름다운 것과 추한 것을 비추지만 그 어느 것도 담아두는 법이 없다. 오늘도 추한 모습과 언짢은 말은 가슴에 담아두지 말고, 거울처럼 훌훌 털어 버리자.

"넌 참 복도 많아" 거울 속의 내가 활짝 웃고 있다.

금강산 나투신 금동 관음보살
(보물 제1872호)

강원도는 산이 70%며 명산에는 불교 성지가 있어 불교 유물이 많다. 국
립춘천박물관 2층 전시실에는 금강산과 관련된 병풍, 부처, 보살, 향로, 여

행용 도구와 지도가 전시되어 있다. 그중에서도 손안에 쏙 들어갈 만큼 앙증맞은 금동 관음보살(보물 제1872호)에 눈길이 간다. 고려말 밀교의 영향을 받아 화려한 관음보살상이 만들어진 것을 보면 나라가 어지러우면 종교가 늘어난다, 하는 말이 맞는 것 같다.

관음(觀音)보살은 중생의 아픔과 고난을 살피고 우리의 소원을 들어주는 어머니 같은 분이다. 전시실에 있는 관음보살은 강원도 회양군 장연리에서 출토되었다. 금강산은 1만 2천 봉이라 할 만큼 깎아지른 편마암과 화강암으로 이루어져 있으며 장안사, 신계사, 유점사, 정양사의 4대 사찰과 108개 암자가 있어 각종 불교 행사가 끊이지 않았다. 유점사의 능인보전에는 47구의 통일신라 금동불과 6구의 고려와 조선 시대에 제작된 금동불이 있었으나 한국전쟁 때 절이 소실되어 53불의 소재는 확인할 길이 없다.

금강산이란 이름은 화엄경에 바다 가운데 금강산이 있어 법기보살인 담무갈 보살이 1만 2천 보살과 함께 항상 반야경을 설법하는 성스러운 산으로, 고려 태조가 금강산에서 사냥하다 담무갈 보살을 친견하였다고 전한다. 금강산은 고려인들은 물론 원나라와 일본 사람들까지 죽기 전에 꼭 가보고 싶은 불교 성지며 조선 시대에도 시인 묵객들이 가장 가고 싶어 하는 여행지였다. 4대 큰 사찰은 6.25 전쟁 때 소실되었다.

금동 관음보살은 라마교 양식의 보살상이 네팔과 티베트, 원나라를 거쳐 고려에 전해졌다. 원나라 황실을 중심으로 성행했던 티베트 불교 요소가 들어있어 원나라와 고려, 조선으로 이어지는 불교 조각의 관련성을 살펴볼 수 있다. 정교하게 치장해 외모가 화려하다. 삼중의 연꽃잎이 조각된 금빛 찬란한 대좌에 앉아 있다. 화려한 보관에 새겨진 작은 화불은 자비의 화신인 관음보살의 표식이다.

통통하면서 다부진 얼굴에 서역을 닮은 오뚝한 콧날, 양 끝이 치켜 올라간 눈꼬리, 미소를 띤 두툼한 입술, 이목구비가 또렷하며 영락으로 뒤덮인 신체와 잘록한 허리가 관능적인 특징을 가지고 있다. 팔을 휘감아 내려오는 천의, 가슴을 중심으로 드리운 영락 장식, 어깨에 닿는 커다란 원형 귀걸이, 팔찌 등 장신구가 돋보여 불교문화를 꽃피운 고려인들의 솜씨가 돋보인다.

관음 보살좌상과 대세지보살이 협시보살로 쌍을 이루고 있었겠지만, 전시실에는 관음 보살좌상만 있다. 문화재 속에는 그 시대를 산 사람들의 생각과 종교, 예술성, 정서, 환경… 등 모든 것이 함축되어 있어 소중하다. 모든 전시물에는 역사가 담겨 있고, 앞선 시대를 산 사람들의 숨결이 숨어 있고, 생각이 들어있다. 문화란 결국 그 지역 사람들의 생존을 위해 만들어진 것이다. 옛사람과 소통하는 통로이기 때문에 소중하다.

노영의 담무갈 지장보살 현신도

나무에 옻칠하면 해충이나 습기에 강하다. 노영의 담무갈. 지장보살 현
신도는 흑칠 위에 금니로 세밀하게 그려 화려하기는 이루 말할 수 없다.

전체를 구불구불한 금 선으로 그려 생동감이 있고 신비한 분위기를 담아 낸다.

균형 잡힌 신체에 갸름한 얼굴과 단정한 자세는 귀족의 모습이 연상된 다. 앞뒷면 테두리는 모두 금강저(악을 깨뜨리는 무기) 문양으로 장식하고 그 안에 여러 불. 보살을 배치하였다. 앞면에는 담무갈보살과. 지장보살을 뒷면에는 아미타 현신도가 있다.

불교 의식에 쓰였던 부속품으로 추정되는 이 작품은 금강산을 묘사한 가장 오래된 유물이다. 숭배 대상인 금강산 일만 이천의 기기묘묘한 봉우 리를 가는 선으로 표현한 기법과 기량 면에서 단연 돋보인다. 옻칠을 여러 번 하여 보관상태도 양호하다. 화엄경에 담무갈 보살은 만 이천 보살 가운 데 중심이 되는 보살로 2천 명의 권속을 거느리고 금강산에 상주하며 금강 경을 설법한다고 알려져 있다. 태조 왕건이 금강산에 올랐는데 담무갈 보 살이 현신하여 그에게 예배하였다는 장면을 고려 불화의 대가인 노영이 (1307년) 그렸다.

이 현신도로 금강산에 있는 정양사는 고려 태조가 담무갈 보살을 친견 후 세웠다는 설화를 뒷받침한다. 고려 태조는 숭불정책으로 왕사를 책봉 해 절대적 권위를 부여하였다. 후손에게 전한 훈요 10조에는 불교를 숭상 하고 연등회와 팔관회를 성대하게 열 것을 당부하는 지침서를 남겼다. 국 가 종교로서 왕실과 귀족은 물론 일반 국민의 정신적 지주가 되었고 불교 와 관련된 화려한 문화유산을 남겼다. 노영은 강화도 선원사의 비로전 벽 화를 그린 사람이다. 노영의 담무갈, 지장보살 현신도 윗부분은 고려 태조 가 금강산 배점(拜岾)에 올랐을 때 담무갈보살을 보고 예배한 것을 묘사한 그림이다. 절하는 인물이 세 곳에 작게 묘사되어 있는데 태조, 노영(魯英) 녹시(錄始) 라고 적혀 있다. 아랫부분에는 반가 자세로 구름에 휩싸인 지장보살을 금니로 묘사하였다. 민머리가 특징인 지장보살이 오른손에는 투명한 보주를 들고 왼손은 무릎에 놓고 있다.

뒷면에는 아미타여래 아래에 8대 보살을 네 분씩 두 줄로 배치하였다. 아미타는 화염에 둘러싸인 두 광과 신 광을 배경으로 연꽃 대좌 위에 결가부좌 하였고, 주위는 구름과 꽃무늬로 가득 채워 아미타가 상주하는 서방 극락세계를 표현하였다.

불교가 융성한 고려는 왕실과 귀족의 극락왕생, 수복, 등 미래의 안락과 현세의 평안을 기원하는 신앙의 배경으로, 섬세하면서 활달한 필체의 불화를 많이 남겼다. 어두운 갈색 비단에 주(朱). 녹청(綠靑). 군청(群靑), 흰색과 금니로 밝고 화사하면서 은은하고 장엄한 분위기를 낸다.

아름다움과 예술적인 가치를 세계가 인정한다. 고려 불화는 현재 160점 정도 남았는데 약 130점이 일본에 있고 우리나라에는 13점 밖에 없다. 노영의 담무갈 지장보살 현신도 아래쪽에 1307년 (충렬왕 33년) 노영이 제작하였다는 기록이 있다. 가로 22.4cm. 세로 13cm인 이 조그만 유물 한 점이 금강산과 담무갈 관계를 나타내고 있고, 불교가 고려사회에 끼친 영향을 설명해 주고 있어 가치가 높다.

단종 어보

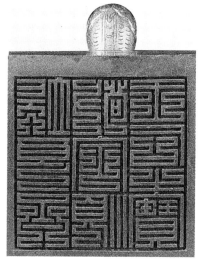

국립춘천박물관에는 6.9 Cm의 황금 거북 모양의 단종과 정순왕후의 어
보가 있다. 조선 시대의 어 보는 정사각형 위에 거북이가 머리를 들고 있
는 형태나 고종황제와 순종 황제는 쌍용으로 왕이 아닌 황제로 차별을 두
었다.

태조는 고려 국새를 명에 돌려주고 새 국새를 받고자 했으나 10년이 지

나 태종 3년에 고명과 함께 '조선국왕지인' 금 인을 받았다. 명의 국새는 '새'나 조선은 '인'으로 차별을 두었다. 그러나 조선 국왕은 이 도장을 중국 외교에만 사용하였고 따로 제작해서 사용하였다.

왕과 왕비는 ~보 왕세자 이하는 ~인으로, 둘을 합쳐 보 인이라 한다. 보인을 수리하거나 새로 만들 때는 전 과정을 '보인 의궤' 기록으로 남겨서 제작연대와 금속공예, 보관함인 목칠공예, 보자기인 직조물까지 역사적으로 중요한 가치를 지니고 있다.

기록상 조선의 어 보는 태조의 4대 조상(목조, 도조, 익조, 환조) 과 태조부터 순종까지 27대 왕과 추존 왕(덕종, 진종, 원종,) 왕비와 계비 48명, 세자와 세자빈까지 366과를 제작하였다.

조선 왕실에서는 국새와 어 보로 구분하였다. 국새는 왕위를 계승하는 징표로 국왕의 권위와 정통성을 상징한다. 행정용으로 외교문서나 국왕의 명령서인 교서(教書)와 국왕이 신하에게 벼슬이나 특전을 내리는 문서인 교지(教旨)에는 시명 지보(施命之寶)를, 관찰사나 절도사에게 보내는 명령서인 유서(諭書)에는 유서 지보(諭書之寶). 일본과의 외교문서에는 이덕보(以德寶) 국왕이 서적을 하사할 때는 동문지보(同文之寶) 국왕의 어제에 사용하는 규장지보(奎章之寶). 규장각 각 신들의 임명장에는 준철지보(濬哲之寶)를 사용했다.

어 보는 왕실의 지위를 나타내는 상징물이다. 왕과 왕비의 업적을 칭송하는 존호(尊號), 승하 후 왕과 왕비의 행적을 기리는 시호(諡號), 종묘에 신위(神位)를 모실 때 붙이는 묘호(廟號), 왕비의 성품을 기리는 휘호(徽號)가 있다. 비와 빈, 왕세자와 세자빈의 책봉 호는 어버이와 선조의 공덕을 높이고 유교 윤리를 실천하는 한편 왕실의 전통을 드러내는 성스러운 예물이다.

왕과 왕비의 어 보는 ~ 보寶로, 그 주인공을 칭송하는 어 책과 함께 제작하여 신주를 모신 종묘의 신실에 모셨다.

조선의 왕은 생전에는 '존호', 입관 뒤 '빈전'을 차리면 '시호'와 '묘호'를 받는다. 묘호는 오직 왕만이 받을 수 있다. 단종과 정순왕후는 끝 글자가 보寶다. 묘호는 '단종' 능 호는 '장릉'이다. 묘호인 단종은 예를 지키고 의롭다는 뜻이다. 숙부인 수양대군에게 왕위를 양위하고 상왕으로 추대되었으나 단종 복위가 일어나자 영월로 유배되어 죽임을 당하였고, 왕비도 부인으로 강등되어 궁에서 쫓겨났다.

단종은 숙종 때 시호, 묘호, 능 호, 존호가 복권되었다. 숙종 24년(1698년) 단종과 정순왕후의 어 보와 어 책을 옥으로 만들어 종묘에 위패를 모시고 신위 동쪽에는 어 보를 서쪽에는 어 책을 배향하였다.

단종의 어 보에는 존호인 '(순정안장경순돈효대왕지보)'로 바르고 매우 깨끗해 순純, 사려 깊고 인자하니 '정定', 화합하고 다투지 않아 '안安', 정도를 밟고 마음이 온화하여 '장莊', 정의로운 세상을 구하니 '경景, 자애롭고 온화해 백성들이 두루 복종하니 순順 이다.

정순왕후의 휘호는 '단양제경端良齊景 이고 시호는 정순定順으로 어 보에는 '단양제경정순왕후지보' 다.

도장은 언제부터 썼을까? 한나라 이전에 공문서나 사신을 보낼 때 비밀 유지를 위하여 목간이나 죽간을 묶어 매듭을 짓고 검인을 찍은 것이 시초로 본다.

도장에는 국새, 보인, 관인, 직책, 본관, 이름, 자, 호, 그릇이나 보자기 봉인에 찍어 가문과 사용처를 나타낸 것 등 다양하다.

도장의 재료는 결이 곱고 단단한 나무를 주로 쓰지만 옥이나 상아, 수정 같이 값이 나가는 재료도 있다. 재질이 갖는 색채와 조형적 장점을 살리면서 좁은 면에 아름다운 서체를 균형 있게 배치하여 문자와 그림이 결합 된 멋스럽고 격조 높은 예술로 발전하였다.

편지에 봉함인(封緘印) 천리여면(千里如面)은 천 리에 있지만 대면한 듯하다는, 보고 싶다는 말을 조그만 도장을 꾹 눌러 전했다. 도장 안에는 개인의 취향은 물론 역사가 녹아 있고 사상과 문화, 예술이 융합되어 있다. 직접 표현하는 그림이나 글씨와 달리 생동감이 있으면서 절제의 아름다움이 주는 은근함이 느껴진다.

낙관이 없으면 100% 진품이라고 할 수 없어 전칭이란 수식어가 붙는다. 서예나 그림과 조화를 이루며 한쪽 귀퉁이에 빨갛게 찍힌 낙관은 작품만큼 중요하다.

사주에 맞게 잘 새긴 도장은 그 사람의 운명을 바꾸어 놓는다는 속설이 있어 도장을 새길 때는 전문가를 찾기도 한다.

도장 속에는 한 사람의 인품은 물론 역사까지 들어 있어 보는 재미가 쏠쏠하다.

신흥사 경판
(강원도 유형문화재 제15호)

(출처 : 경향신문)

설악산에 있는 신흥사는 신라(652년) 자장율사가 향성사란 이름으로 창건하셨다. 사찰은 목재로 지었으며 취사나 난방을 나무로 쓰고 법당에서 촛불을 사용하기 때문에 화재가 자주 발생하는데, 화재 진압이 어려워 피해가 크다. 신흥사는 화재로 소실과 중창을 반복하다가 인조 때 (1642년) 화재로 전소되었다.

운서, 연옥, 혜윤, 세 분 스님의 꿈에 백발노인이 '이곳은 누 만대에 삼재가 미치지 않는 신역이다.'하고 혼연히 사라졌다. 백발노인의 말에 힘을 얼어 효종 9년에 (1658년) 불교를 새로 일으킨다는 뜻으로 신흥사(新興寺)로 개칭하고 불사를 크게 일으키셨다. 6.25 전쟁 때 건봉사가 전소되어 대본산 기능이 마비되니 대한불교 조계종 제3교구 본사 승 학 업무를 이곳으로 이관하였다.

사천왕문을 지나면 장방형 누각으로 시도 유형문화재 제104호인 보제루가 있다. 보제루 하층은 극락보전으로 가는 통로며 위층은 다락으로 법고, 목어, 종, 경판을 보관하고 있다. 몇 개의 현판과 중수기도 걸려 있다.

경판 하면 대부분 고려 때 만든 해인사 팔만대장경만 떠올리는데 400~500년 된 경판이 여러 절에 남아 있다. 신흥사 경판은 400년 역사를 품고 있다.

강원도 유형문화재 제15호인 신흥사 경판은 불설대보부모은중경, 법화경 일부, 다라니경 일부 등 280매가 남아 있다. 3~4쪽과 13~14쪽이 빠진 불설대보부모은중경은 한글 번역문으로 경전을 쉽게 이해할 수 있도록 그림까지 그려 넣었다. 경판 안에는 종교, 철학, 문학, 과학, 정치 등 모든 것이 녹아 있는 종합예술품이다.

경판은 비틀림을 막기 위해 앞, 뒷면에 글자를 새겨 넣는데 그 경판 280매 안에는 한 자의 오자도 없다. 한, EU 자유무역 협정 비준 동의안 한글본에는 207건의 오자가 발견되었다는 지적이 있었다. 국제법으로 영문본과 한국 본 모두 동일 효력을 지녀, 번역 오류가 생겼을 때는 법적 분쟁을 일으킬 수 있으므로 외교문서는 토씨 하나도 신중해야 한다. 외교문서와 비교하면 신흥사 경판은 얼마나 정성을 들였는지 알 수 있다.

경판이 완성되기까지는 많은 정성과 시간이 소요된다. 인쇄술이 발달한 지금은 책을 만드는 일이 쉽지만, 재질이 나무인 경판은 시간이 오래 걸리고 힘든 반면 쉽게 닳는 단점이 있어 가정에서는 서책을 일일이 베껴 쓰기도 하였다. 경판 재료로는 단단하며 수축이 잘되고 비틀림이 적은 벚나무나 돌배나무를 많이 쓴다.

50~60년생 나무를 베어내 일 년쯤 산에 그대로 두어 응력(應力)을 제거한다. 나무를 판자로 켜서 속과 겉의 수분 차를 줄여주고 갈라지는 것을 막기 위하여 소금물에 삶아 통풍이 잘되는 그늘에 2~3년쯤 말린다. 경판의 수명을 늘리고 손잡이로 쓰기 위하여 양쪽 옆을 붙이고 경판 크기에 맞춰 불경의 내용을 옮겨 적은 한지를 뒤집어 붙인다. 글자가 아닌 부분을 파낸 후 글자가 반듯하며 오자가 없는지 확인하기 위하여 초본인쇄를 해본다. 완성되면 다시 바람이 잘 통하는 그늘에서 여러 달 동안 말린다.

미술 시간에 조각을 배웠다. 처음에는 다루기 쉬운 세탁비누에 인물이나 글자를 새기고 파내기를 하였고, 익숙해지면 고무판과 나무판에 조각하였다. 직선은 쉽게 파낼 수 있지만, 곡선은 힘들었다. 손목의 힘이 너무 들어가도 엇나가기 쉽고 힘이 약하면 선이 뚜렷하지 않았다. 굵고 가는 선이 매끄럽게 이어지지 않았고, 잘못 파인 선은 고치기 힘들었으며, 조금만 방심해도 손을 다쳤다. 완성되었다 해도 먹물이나 물감을 바른 후 찍어내면 흐릿한 곳이 있고 옆으로 번진 곳이 있어 공들인 만큼 만족하지 못했다.

경판은 분업으로 만들었지만, 숙련공도 힘든 일이다. 경판을 만드는 일은 곧 공덕을 쌓는 일이며 공덕은 많이 쌓을수록 극락왕생한다고 믿었기에 장인들의 혼이 들어 있다. 동지섣달에도 매일 아침 목욕 재배를 하고, 화장실을 다녀와도 몸을 씻었으며, 한 글자를 새길 때마다 삼 배를 하며 정성을 다하였으니 오자가 나올 리 없다. 삼배(三拜) 안에는 경판 완성이라는 과업을 한 치의 흩어짐 없이 하려는 다짐과 떨어져 있는 가족의 안녕이 들어 있을 것이다.

경판은 온도나 습도에 약하며 해충 피해를 보기 쉽다. 경판에 먹을 묻혀 한지에 찍어내고 싶다. 먹 향이 온몸에 스며드는 것 같아 편안하다.

이성계 발원 사리갖춤
(보물 제1925호)

　양구 백자 박물관에 '이성계 발원 사리갖춤(보물 제1925호)'을 전시하면 한층 품격이 높아질 텐데 아쉽다.

　태조 이성계는 고려 말의 무신으로 위화도 회군을 한 후 신진사대부들의 지지를 받아 실권을 잡았다. 1392년 양위 형식으로 즉위하여 조선을 개국

하신 분이다.

삼척시 미로면에는 태조 이성계의 5대조인 준경묘와 영경묘가 있고, 증조부 이행리는 낙산사에서 불공을 드려 도조를 낳았고, 부친 환조는 강원 북방 삭방만호겸 병마사를 지냈으니 대대로 강원도와 인연이 깊다.

이성계는 조선 개국 2년 전에 (1390년) 강씨 부인과 그를 따르던 승려와 지지자들 일만여 명과 함께 건국의 원을 담아 양구 방산에서 사리갖춤을 제작하여 명산인 금강산 월출봉에 묻었다. 금강산에서 가장 높은 봉우리는 비로봉이지만 월출봉은 음기가 강한 곳이라 부처님의 진신 사리를 그곳에 묻었나 보다.

금강산은 담무갈보살이 상주하는 곳이다. 고려 태조 왕건이 금강산에서 사냥할 때 담무갈보살이 왕이 될 것이라 예언하였고, 태조 왕건은 고려를 세운 후 그 자리에 정양사를 창건하였다. 이성계는 왕건처럼 담무갈보살과 인연을 맺어 새로운 세계가 열리기를 기원했고, 그의 염원대로 조선 개국이 이루어졌다.

'이성계 발원 사리갖춤'은 1932년 방화선 뚫는 공사를 하던 중 석함과 함께 발견되었다. 석함 안에는 은제 탑 모양의 사리구 두 점, 입술 바깥쪽으로 시주자가 새겨진 동제 그릇 한 점, 백자 그릇 다섯 점(한 점은 향로), 은제 귀이개 한 점으로 모두 9점이다. 금도금한 은제 라마탑 형식 사리기는 정교한 연꽃 받침과 온화한 미소를 머금고 있는 보살상이 눈길을 끈다.

굽 주변과 겉면에 명문이 있는 사기그릇 안에, 동제 그릇이 포개지고, 그 안에 보살이 장식된 팔각 탑 모양, 금도금이 된 화려한 연꽃 받침 위에 보살상이 새겨진 라마탑 모양이 들어가고 마지막으로 부처님의 진신 사리가 들어 있음 직한 유리관이 있다.

방산 자기는 노르스름하거나 옅은 녹색을 띠는 특징을 가지고 있다. '이 성계 발원 사리갖춤'은 방산 자기의 특징을 그대로 지녀 투박하고 수수하다. 제작 연도가 분명한 가장 오래된 고려 백자다.

금강산 비로봉 사기 안유기

'석가여래께서 입멸하신 지 이천 사백여 년이 지난 대명 홍무 이십사 년 오월 일에 야납, 월암은 이에 시중 이성계 등 만인과 함께 맹세하고 기원하며 받들어 금강산에 묻어 바치니, 미륵보살께서(백성을 구원하고 새 세상 도래를 상징하는 예언적 성격을 띤 보살) 내세에 나타나 사람에게 보여주시어 진실한 법을 여는 것을 도우서서 불도를 이룩하시길 기원합니다. 이 소원의 건고함은 불조께서 증명하실 것입니다.' 굽 주위에는 방산 사기장 심용과 비구 신관이 함께합니다. 명문이 새겨져 있다.

양구 방산은 질 좋은 백토가 생산되고 금강산과 가깝다는 이점이 있고, 수도와 멀리 떨어져 있어 비밀을 지키기 좋은 조건을 갖춘 곳이다. 중간에 누설이 되었다면 조선은 태동하지 못했다.

양구는 백토 생산지며 세천, 중천 등 풍부한 물과 화목이 풍부해 도자기를 생산하는 최고의 조건을 갖춘 곳이다. '승정원일기' '조선왕조실록' 등에 의하면 양구 방산은 조선 시대 최고 도자기 생산지인 광주 분원에 백토와 도석을 납품하였다는 기록이 있다. 원료뿐만 아니라 관청의 물품을 관리한 '예빈시'명문이 찍힌 접시가 방산에서 발견되는 것을 보면 국가와 왕실에 납품되었음을 알 수 있다.

1910년부터 일제 통치하에 들어가면서 전통적인 생산방식 대신 근대적인 방식으로 한국전쟁 이전까지 요업이 계속되었다. 지금도 방산면에는 40여 개의 백자 도요지가 있고, 도자기 파편이 널려 있다.

이성계 사리갖춤은 이성계를 지지했던 중요 인물과 제작연대가 확실한 점에서 미술사는 물론 금속공예 기술 및 역사적인 사료로 높이 평가받고 있다. 강원도에서 만들어지고 강원도 땅에 묻혔으며 강원도 사람에 의해 발굴된 '이성계 발원 사리갖춤' 유물은 양구로 돌아와야 한다. '이성계 발원 사리갖춤'이 양구 백자 박물관에 전시되는 날 박물관의 품격도 한층 높아질 것이다.

금강산모형, 청화백자 향로

　국립춘천 박물관 2층 전시실에는 금강산과 관련된 유물이 여러 점 있다. 유점사에 있던 동종, 금강산 병풍, 남여, 금강산 여행을 하기 위한 준비물로 호주머니에 쏙 들어가는 작은지도, 패 철, 도시락과 찻잔, 붓, 벼루…

금강산은 이른 봄 태양이 떠오를 때 바위에 있는 이슬빛이 금강석 같다. 하여 붙은 이름이고, 여름에는 바위와 초록 잎이 어우러져 도교에서 전해 오는 삼신산의 하나인 봉래산, 가을에는 단풍이 불타는 듯 고와 풍악산이며, 겨울에는 바위 구석구석이 드러나서 개골산이라 부른다.

화엄경에 '이 세상에 여덟 개의 금강중 하나가 해동 조선에 있고 담무갈 보살이 상주한다.' 하는 내용이 있어 고려인들은 물론 원나라와 일본인도 죽기 전에 꼭 가고 싶은 불교 성지로 인식돼 성지순례를 하듯 찾았다.

조선 시대는 시인 묵객들이 가장 선호하는 여행지였다. 신분이 높은 사람은 남여나 당나귀, 말을 타고 갔지만, 대부분 사람은 옷과 식량, 문방구를 지고 걸어갔다.

향로는 주나라말부터 쓰기 시작하였고 한 대는 박산향로가 크게 유행하였다. 고구려 쌍영총 벽화에는 단석산 신선사 마애불에 향 공양을 하기 위해 가는 귀부인 행렬도가 있고, 성덕 대왕 신종에는 한쪽 무릎을 꿇고 향로를 들고 있는 비천상이 있어 삼국시대도 널리 쓰였음을 알 수 있다.

19세기에 제작된 금강산 모양 청화백자 향로와 청화백자 필세가 단연 눈길을 끈다. 필세는 선비들의 책상 위에 물을 담아놓고 붓을 빨던 도구지만 장식적인 효과가 더 크다. 높고 낮은 금강산 봉우리가 조화를 이루며 둥그스름하게 팔을 두르고 있는 형태로 철화와 청화로 멋을 냈다. 아기자기하게 꾸민 것을 보면 우리 조상들이 미적 감각이 얼마나 뛰어난지 알 수 있다.

청화백자 향로는 금강산의 웅장한 이미지를 표현하기 위해 여러 장식기법을 써서 만들었다. 어두운 부분을 철화로, 밝은 부분은 동화나 청화로 표현해 불끈불끈한 산맥이 돋보인다. 십장생인 학, 소나무, 신선, 앙증맞은 정자 등이 조화를 이루고 있다.

소나무 등걸에 기대 있는 인물은 조선 후기에 유행했던 도석인물화(道釋人物畵) 풍이 공예로 널리 퍼진 것이다. 도석인물화는 도교나 불교와 관계 있는 인물화의 총칭이다. 예배 대상인 상과 종교적 설화의 도해, 불교 조사의 화상. 등이 포함된다.

향을 피우면 봉우리마다 뚫려 있는 구멍으로 연기가 나가니 어느 한쪽으로 치우치지 않고 은은하게 퍼졌을 것이다.

종교 행사나 제례 등의 행사는 향을 피우는 것으로 시작과 끝을 알린다. 하늘로 오르는 연기 따라 고인의 혼이 좋은 곳으로 가기를 기원하고, 부정한 것을 쫓아 정신을 맑게 하며 신과 통한다는 뜻이 담겨 있다. 하늘과 교감하니 하늘을 향한 경(敬)의 마음을 일으킨다.

향은 좋지 않은 냄새를 없애주고, 해충을 막고, 좋은 향은 마음을 진정시켜서 수면을 돕기도 한다. 바탐섬에 갔을 때 저녁이면 향내가 진동하여 머리가 무거웠던 기억이 있다. 고온 다습한 지역이라 해충이 서식하기 좋은 환경이니 호텔 정원에는 수도관처럼 관을 묻어 놓고 그 관으로 향을 내보내 해충을 막아준다. 하였다.

향나무를 태운 향기가 구천에 가서 닿는다고 구전(口傳) 하는 것을 보면 상가(喪家)의 실내를 숙연함으로 바꿔주고 죽음의 냄새를 덮고 망자와 이별을 준비하도록 이끄는 방향제다.

'향냄새가 세속의 모든 번뇌와 망상을 사라지게 한다.' 하여 승방이나 선비의 서안 위에 향을 피웠으니, 전시실에 있는 청화백자 향로는 자그마해

의기로 쓰였다기보다는 승방이나 선비의 서안에 놓였으리라. 이백 년이 넘게 자리를 지켜왔지만 지금 막 가마에서 나온 듯 깨끗하다.

금강산은 풍광이 뛰어나고, 한대식물로 바뀌는 남방한계선으로, 식물의 종이 매우 다양하고 풍부하여 희귀식물과 고산식물이 자라고 있는 보고다. 바위에는 북한의 체제와 지도자를 찬양하는 선전 문구가 있어 자연을 훼손해 안타깝다.

지금은 갈 수 없는 곳이지만 미래세대는 조선의 선비같이 시와 그림으로 남기기를 기원하며 금강산모형 향로 앞에 오래 서 있었다. 조리한 후 실내에 밴 음식 냄새를 잡아주고 마음을 안정시켜주며 수면에 도움을 준다고 하여, 향꽂이에 아로마 향초를 켠다. 아로마 향이 퍼지며 머리가 맑아지는 것 같다. 장식도 겸할 겸 향로에 욕심을 내 보았다.

청화백자 특별전

　할머니의 전유물로 벽장에 숨어 있던 꿀과 조청 단지는 모란무늬 청화
백자였다. 두서너 개의 단지만 보던 눈에 200개가 넘는 청화백자 전시물을
보니 숨이 멎을 것 같다. 용, 사군자, 물고기와 동물, 시조, 초충까지 다양하

다. 아기자기한 문양이 있는 작은 청화백자는 앙증맞다. 각이 지거나 비스듬하게 기울어져 있어도 개성이 있고 나름대로 미적 감각을 지니고 있다.

돌 속에 있는 푸른 코발트 안료가 높은 온도에서 구워진 산화코발트는 하늘 닮은 빛으로 용, 인물, 동물, 초충, 산수화를 그려 놓았다.

흙으로 빚었는데 1,200도가 넘는 가마 안에서 한 점 흩어짐 없이 그토록 아름답게 태어나니 놀랍지 않은가! 애벌구이한 다음 코발트 안료로 문양을 그릴 때는 물기를 흡수해 붓칠이 쉽지 않아서 도화서 화원이 그렸다. 유약을 입힌 후 가마 안에서 구워낸 청화백자는 500년이 지났어도 가마에서 금방 꺼낸 듯 윤이 난다.

도자기의 두께가 일정하지 않으면 높은 온도를 견디지 못하고 얇은 쪽이 주저앉기도 한다. 큼직한 몸체 한쪽이 주저앉아 균형을 잃은 청화백자는 오직 하나며 예술로 승화한 가치를 인정받아 십 오억이라는 높은 가격에 놀랐다. 국보 제219호와 쌍둥이로 태어난 대나무 매화 문양 청화백자는 파편으로 절반 정도만 남아서 귀한 대접을 받지 못한다.

중국 원나라에서 본격적으로 생산된 청화백자는 왕실의 예와 권위가 담겨 있다. 원료인 코발트는 페르시아 지방에서 생산하여 중국을 거쳐 우리나라에 들어오니 비싸고 귀해 왕실에서만 사용하였다.

임진왜란을 겪으면서 코발트값이 천정부지로 치솟아 수입을 금한 때도 있었다. 조선 초기에는 청화백자매조죽문호 (매화, 새, 대나무) 같은 명대의 문양이 들어있었으나, 세종 이후 우리나라 색채가 강해져 풀, 꽃, 포도, 칠보 등 문양이 다양해진다.

도자기 제조는 사옹원(司饔院) 사옹방(司饔房)으로 기구가 확대되면서

경기도 광주 일대가 사옹원 분원으로 왕실에서 사용할 그릇을 만들었다. 관리를 파견하고 도화서에 근무하는 최고의 화원이 도안을 그려 넣었다. 영조 임금이 세자 시절 광주 분원의 도자기 감독관으로 있을 때는 생산량이 증가하였다.

18세기 금사리 가마터에서 제작된 각 병, 제기, 굽다리 그릇, 가운데가 잘록한 호리병은 간결한 초충과 패랭이 같은 야생화, 산수화 등 한국적인 문양이 많다. 갑 발에 넣어 정교하게 구운 감상용 자기는 왕실과 사대부에서 썼고, 조선 후기에는 왕실뿐만 아니라 신흥 상업 갑부가 선호하면서 차츰 민간으로 퍼졌다.

운현궁에서 사용하던 청화백자는 유약이 잘 입혀져 윤이 나며 모란이 반듯하고 선명해 돋보인다. 밑면에는 '운현궁'이라는 명문이 있어 흥선대원군의 권위가 보인다.

무늬가 꽉 찬 청화백자는 화려해서 좋고, 성리학을 근본으로 한 여백이 넓은 청화백자는 절제의 아름다움과 담백함이 좋다. 시가 들어있는 주병을 보면 술을 한 잔, 마실 때마다 시를 읊고 풍류를 즐길 줄 아는 선비의 멋스러움이 보인다.

유리 술잔에 호박처럼 노란 술은 독하고
조그만 술통의 술은 진주처럼 붉구나.
용을 삶고 봉황을 구우니 옥 같은 기름이 지글지글
비단 병풍 수 놓인 장막은 향기로운 바람에 쌓여 있구나.

조선 후기에는 꽃, 난초. 풀. 곤충, 산수, 길상(吉祥) 등 문양이 다양해진다. 용맹스럽거나 무섭지 않고 해학과 장난기가 가득 담긴 호랑이, 해웅(새우에 수염이 있어) 이라 불리는 새우. 활처럼 몸을 구부려 한번 안아주고 싶은 사슴, 폭포를 뛰어넘기 직전 생동감이 넘치는 잉어, 정교한 거북의 껍질 문양 등 다양하다.

맑고 흰 바탕에 청색이 어우러져 단아하면서도 화려한 멋. 청화백자는 자세가 반듯하고 한 점 흩어짐 없는 여인과 같다. 터키석을 닮아서 더 정이 가는 청화. 푸른빛이 한 점 티 없이 맑게 살라 한다.

추암동 사람들 죽음과 무덤

전시실에는 동해 추암동 가족묘에서 출토된 뼈가 각기 다른 모습으로 누워 있다. 1,300여 년이 지난 사람의 뼈는 짐승의 뼈와 별반 다름없어 보인다. 우리의 몸은 물, 불 흙으로 돌아간다는데 한 줌 흙으로 돌아가지 못한 누런 뼈는 나무뿌리와 비슷하다. 손톱이 썩지 않았다거나 머리카락이 자라 한발이 넘었다느니 하는 말은 모두가 거짓인가보다. 치아가 고스란히 남아 있는 턱뼈는 짐승의 뼈와 쉽게 구별이 되었다. 생을 마친 우리들의 모습도 세월이 흐르면 똑같을 것이란 생각이 들어 연민이 간다.

무덤은 죽은 사람이 영원히 안식을 취할 수 있는 땅속 집이다. 하늘은 둥글고 땅은 네모라는 우주의 이치대로 네모난 방에 시신을 안치하고 둥근 지붕을 덮었다. 생활하기 좋은 자연의 조건을 갖춘 곳에 터를 잡아서 집을 짓듯이 풍수를 따져 볕이 잘 들고 물 빠짐이 좋은 발복 터에 못자리를 썼다.

도로 확장이나 새로운 도로 건설로 이전되고, 공단과 아파트가 들어서게 되어 헐리는 운명에 처한 것을 보면 영원한 명당자리는 못되나 보다.

소양로 칠 층 석탑 뒤에 있는 발굴 현장을 답사했다. 소양로 칠 층 석탑 공원을 만들기 위해 도로 옆 상가 뒤쪽 건물을 헌 곳이다. 세월의 덮개만큼 3개의 문화층으로 이루어져 있다. 기와를 굽던 가마터 위에 집터가 있고, 중간중간에는 무덤이 자리하고 있다. 어떤 곳은 무덤 바로 위가 집터다. 집 밑이나 옆에 무덤이 있다면 무섭다는 생각이 들겠지만, 모른 채 살았으니 무탈했고 그들 또한 이웃이라고 생각하면 든든하지 않을까?

영동지방은 낙랑의 문화와 신라의 문화를 받아 발전했고, 정치적으로는 고구려의 남하정책과 신라의 북진정책 사이의 완충지대였다. 그 시기는 신라에 저항하는 실직국 주민을 강제 이주시키고, 그 터에, 대가야 유민과 전쟁포로를 강제 이주시켰다는 기록으로 보아 신라 영역이다.

북평공단 부지를 조성하는 과정에서 돌방무덤 안에 머리를 북쪽으로 향한 사람의 뼈 53구가 확인되었다. 머리뼈 옆에서 금귀고리가 발견된 것으로 보아 신분이 높은 사람이었을 것이다. 53기 중 14기는 추가 장이다. 여러 사람을 동시에 함께 묻은 것이 아니라, 시차를 두고 한 사람씩 차례로

문은 가족묘 형태다.

성분을 분석한 결과 남성이 여성보다 많았고, 50~60대보다 40대가 훨씬 많았다. 지금처럼 영양상태가 좋지 않고 육체노동을 많이 하였으며 의술이 발달하지 않아 평균수명이 짧았다. 결과적으로 그 시대의 평균수명은 지금의 절반도 안 되었으며 여성의 수명이 남성보다 더 긴 것은 지금이나 그 시대나 같다.

저 뼈의 주인공은 절세가인이었을까? 아니면 학문이 뛰어난 선비였을까? 수의에는 주머니가 없다고 하였다. 저들의 삶이라고 다르겠는가? 오르막이 있으면 내리막길이 있었을 것이고, 기쁨이 있으면, 슬픔이 있고, 서로의 계산 방법이 다르기에 갈등하고, 다툼도 있었을 것이다.

마음에 지우지 못한 상처를 남긴 채 생을 마감하였는지도 모른다. 부부가 또는 가족이 합장된 모습은 매미가 허물을 벗듯이 이승의 고통을 훨훨 벗고 편히 잠든 모습이다. 안타까운 죽음도, 억울한 죽음도, 땅속 공간만은 차별을 두지 않고 누구든지 품어주고 있다.

세월이 많이 지났다고 하지만 그들만의 음택을 부수고 세상 밖으로 들어내어 전시하는 것은 후손으로서 도리가 아닌 듯싶어 민망하다. 차라리 지하 세계는 그들만의 세계로 영원히 남겨두고 길을 내거나 건물을 짓는 것도 좋은 방법 같다는 생각이 든다.

특별전시 기간이 끝나면 저들은 수장고안의 밀폐된 공간으로 들어간다. 본래의 모습대로 양지바른 곳에 가족묘 만들어 주고 싶다는 생각이 들었다.

'홍안은 어디 가고 백골만 누웠는가.' 시조 한 줄을 읊어본다.

한지로 만든 황실 공예대전

　아리랑 문학관 답사를 나섰는데 발길은 2층 대한민국 황실 공예대전으로 향하고 있다. 도자, 종이, 섬유, 기타 영역으로 나눈 전시작품 중, 종이로 만든 작품 수가 가장 많아 눈길을 끌고 있다. 한지를 접고, 자르고, 붙여서 일상생활에 필요한 물건을 만들고 표현할 수 있다니 참으로 놀랍다.

　한지는 관리만 잘하면 영구적이며 가볍고 따뜻한 느낌을 주고 자연 친화

적이다. 종이로 만든 의복과 가구, 인형, 일상 생활용품 등. 심지어 유리를 덮은 탁자 안에서는 금붕어가 놀고 있다. 여인들의 치레 거리인 제비꽃만한 장신구와 키를 훌쩍 넘기는 여닫이 장까지 크기며 종류가 참 다양하다.

한지로 만든 황색 바탕에 녹색 고름을 단 한복은 잔칫상을 받아도 손색이 없을 만큼 선이 살아있으며 세련되고 우아하다.

종이로 만들었지만, 작품마다 무게와 느낌이 다르게 다가온다. 크리스털처럼 맑은 것, 섬유처럼 부드러워 보이는 것, 은은한 것, 칠보공예처럼 화려하고 아기자기한 것, 고무처럼 탄력이 느껴지는 것. 과연 저것들의 소재가 진짜 종이일까 믿기지 않아 만져보고 두드려 보고 싶어 손이 저절로 간다.

한지의 원료는 닥나무로 사람의 손이 백번을 거쳐서 백지라 불렀다. 닥나무가 성장을 멈춘 11월부터 2월 사이에 채취해, 푹 찌고 뜸을 들인 후 껍질을 벗겨 햇볕이 잘 드는 곳에서 말린다. 필요한 만큼 잿물에 삶아 냇물에 담가 표백을 한 후, 닥 방망이로 두드려서 풀과 함께 물에 풀어 대나무 발로 오른쪽과 왼쪽, 위와 아래로 번갈아 뜨기 때문에 질기다.

질 좋은, 한지는 다듬이질을 수없이 하여 만들기 때문에 치밀하면서도 매끄러워서 때가 덜 타며 1,000년이 지나도 변하지 않는다. 한지를 여러 겹으로 배접을 한 후 옻칠하면 습기나 벌레에 강하고 가벼우며 창이 뚫을 수 없을 정도로 단단해 갑옷으로도 쓰였다.

'잠견지'에 '빛은 비단처럼 희고 질기기는 명주 같다' 하였고 '고려에서 생산한 한지는 질박하고 튼튼한 느낌을 준다.' 하였다. 중국 역대 제왕의 전적을 기록할 만큼 우수해 우리나라의 사신이 도착하면 한지를 구하려는 사람들이 몰려들었다고 한다. 중국과의 외교의 필수품이고 한때는 조공품으로 강요되기도 하였다.

한지로 만든 공예품은 색상과 재질에 따라 세련된 감각과 높은 품격을 지닌 예술품이다. 색의 조화, 도형들이 만나는 절묘한 공간구성, 무늬와 면이 이어져 질서와 변화, 색의 대비도 일품이다. 크기가 다른 네모가 만나는 단순함은 정교함을 뛰어넘어 더 높은 차원의 아름다운 표현이다.

삼각형이나 사각형이 만나 질서와 변화, 색이 다른 크기와 면이 서로 끌어안고 있다. 여기에 여인의 손끝에서 나온 정성과 고운 마음씨가 담겨 있다.

한지는 자외선을 차단하고 흡수성과 발산 성이 뛰어나 창이나 문에 발랐다. 볕 좋은 가을날 방문을 모조리 떼어내 물을 뿌려 헌 종이를 떼어내고 풀칠을 한 창호지를 바르면 처음에는 쭈글쭈글하다가 마르면 팽팽해진다.

심심할 때 손가락으로 퉁기면 창호지에서 둥둥 북소리가 울렸다. 눈높이에 코스모스나 국화꽃을 붙여서 멋을 내거나 유리를 붙여 밖을 내다볼 수 있게 만들었다. 문창호지만 바뀌었을 뿐인데 방안이 환해졌다. 어렸을 때 밖의 일이 궁금하여 침을 바른 손가락으로 구멍을 내 밖을 내다보다가 혼났던 기억이 떠올랐다.

추억을 더듬으며 전시실을 나서는데 여러 색의 한지가 차곡차곡 쌓여 있다. 병아리를 품에 안은 것 같이 포근하고, 쑥 향이 묻어 있고, 봄볕같이 환하다. 미적 감각과 품격이 배어 있다.

우리 집은 방마다 유리로 되어 있어 창호를 바르는 일 없이 한지는 멸치 젓을 대려 내릴 때 거름종이로 쓴다. 한옥 방에 한지로 만든 가구를 놓고 한지로 만든 옷을 입고 있는 모습을 상상해 본다. 편안해지는 것을 보니 나는 역시 단군 자손이다.

조선 통신사는 한류 시초

(자료출처 : 우리 역사 넷)

한류스타로 싸이와 배용준이 뜨더니 방탄소년단이 빌보드 뮤직어워드 톱 듀오 그룹상을 받고 블랙핑크와 소녀시대가 대를 잇고 있다. 뉴욕 센트 럴파크에서 열린 코리아 가요제에 미국 관객 5,000명이 한국가요를 한국어로 떼창 했다. 전한다.

보신각에서 제야의 종을 타종하며 한 해를 마무리하고 새해를 맞듯이,

미국 뉴욕시는 타임스스퀘어 공 내리기 행사를 연다. 사과 모양의 타임스스퀘어 공이 내려오기 직전 한류스타 싸이가 말 춤을 추며 지구촌을 들었다 놓았다.

일본인들은 '겨울연가' 주인공인 배용준을 욘사마라 부르며 열광한다. 겨울연가 풍경이 주는 영상미와 순애보 적인 첫사랑의 이야기에 푹 빠졌다. 합리적이고 계산적인 일본인들에게 필요한 것은 휴머니즘이 아닐까?

한류스타는 삼국시대부터 있었다. 장인들이 일본으로 건너가 학술, 사상, 기술, 예술 같은 우수한 문화를 전해주었다. 고구려 영양왕 때 승려이자 화가인 담징은 610년 일본으로 건너가 불교 경전과 유학의 오경을 전했고, 동양의 3대 미술품으로 꼽히는 금당 벽화를 남겼다. 오경을 통달한 학승이 붓, 종이, 먹, 연자매, 물레방아, 맷돌을 만들고 사용하는 법을 가르쳐 삶의 질을 높여주었다.

백제 학자 왕인은 일본 오진왕의 초청으로 논어 10권과 천자문 1권을 가지고 건너가 태자를 가르쳤고 조정 대신들에게 학문과 기술을 전했다. 일본 고사기와 일본서기에는 성인으로 추앙받고 있다.

조선의 한류는 통신사뿐만 아니라 임진왜란 때 끌려갔던 포로, 풍랑을 만나 표류한 사람들에 의해서도 전해졌다. 이웃 나라 일본과는 화해와 반목의 역사 갖고 있다. 조선은 일본과 친선을 꾀하여 서로 협력하는 선린 외교정책으로 도쿠가와 막부시대인 1607년부터 통신사를 19회 파견하였고 일본 국왕사는 71번 온 기록이 있다.

통신사는 국왕이 일본의 막부 장군에게 보낸 신의(信義)를 통(通)한다는 의미를 지닌 공식적인 외교사절이다. 표면으로는 일본 국왕의 길흉(吉凶)

과 양국 간의 긴급한 문제를 해결하기 위한 목적이지만, 전쟁상태 종결, 쇄환(刷還), 국정 탐색, 명과 청의 세력 교체에 따른 연대감 확립, 무역량 교섭이다.

통신사의 정식 편성 인원은 정사, 부사, 종사관과 의원, 화원, 역관 등 300~500명 정도였지만 악사와 잡일꾼까지 열 배가 넘었으며 그 행렬이 통과하는 데 무려 다섯 시간쯤 걸렸으니 일본 주민들에게는 큰 구경거리였다. 통신사가 에도에 도착하여 국서 등을 전달하고 나면 장군은 도쿠가와 막부의 종실 등과 함께 향연을 베풀었다. 일본 곳곳에서 융숭하게 대접받았는데 그 비용이 막부 일 년 예산과 맞먹을 때도 있었다.

조선 통신사는 당대의 문화 엘리트다. 선진 문화를 갈망하던 일본 지식인들은 조선 통신사들의 문장과 시를 원했고, 아버지의 묘비를 부탁하는 일도 있었다. 경상도 연산현 사람으로 2차 진주성 전투에서 포로로 잡혀간 이진의 아들 이매계는 조선어통역관으로 뽑혀 통신사 일행을 맞았다. 고국에서 온 사람들이 얼마나 반가웠으며 자긍심을 느꼈을까? 포로로 잡혀 있는 동안은 고통스러웠겠지만, 한류의 싹은 먼 미래를 설계하며 그곳에서 자라고 있었다. 그의 시에 외로운 마음이 잘 나타나 있다.

쓸쓸한 작은 언덕 구름에 기대서 있거늘
그림자 뒤돌아보며 세화(歲華)를 버리는 것이 아쉽구나.
봄바람에 맡겨 나비를 따라 춤을 추며
허공에 머무는 밝은 달 붙잡고 이화(梨花)를 꿈꾼다.

역사란 내 조상이 어떻게 살았는지 물어보는 데서 출발한다. 우리는 36년 동안 일본의 지배를 받았지만, 말과 글을 잃어버리지 않고 민족정신이 꺾이지 않았다. 오히려 조상들이 뿌린 한류의 씨가 싹이 터서 무럭무럭 자라고 있었다.

꽃이 필요한 순간에 꽃씨를 뿌리면 늦다. 꿈을 가진 사람은 훗날을 위하여 씨앗을 땅속에 묻어 놓아야 한다. 문화는 뼛속까지 산업이다. 물건을 팔아 부를 축적했다면, 애플같이 창의력과 상상력을 과학기술과 상업에 접목하여 머리로 돈을 벌도록 바꾸고 있다. 앞으로는 지식산업과 고부가가치 산업이 백성을 먹여 살릴 것이라 한다.

영화 한 편이 일 년 동안 수출한 자동차보다 더 많은 이익을 창출한다. 2020년 2월 9일 미국 로스앤젤레스에서 열린 아카데미 시상식에서 영화 '기생충'이 아카데미 작품상, 감독상, 국제 영화상, 각본상을 받았다. 2021년 4월 제74회 영국 아카데미 시상식에서 미나리에 출연한 윤여정이 여우조연상을 받아, 세계인을 놀라게 하지 않았는가. 예술성이 뛰어난 우리 민족성을 알리는 좋은 기회다. K팝 열풍이 불고 한식이 건강식으로 각 광 받는 것을 보면 한류가 세계를 지배할 날도 멀지 않은 것 같다.

하늘 꽃으로 열리는 깨달음의 소리
종, 특별전

전시실을 들어서면 멀리 산사에서 들려오는 듯 웅장하면서도 고요한

종소리에 마음이 풀어진다. 작은 종은 전시가 쉬우나 크기와 무게가 나가는 중요한 종은 사진과 탁본으로 전시가 되어있다. 전시실을 들어서면 상원사 동종 탁본이 실물 크기로 방문객을 맞고 있어 먹 향과 무채색이 주는 무게감에 편안함을 느낀다. 시대별로 전시가 되어있어 신라와 고려, 조선으로 이어지는 종의 변천과 특징을 읽을 수 있고 주조하게 된 사연이 담겨있다.

종의 기원은 BC 4세기경 대전, 괴정동 출토 큰 방울에서 찾는다. 종은 부처님의 진리가 온 누리에 퍼지고, 대왕의 공덕이 전 국토에 퍼지게 하는 호국의 뜻이 담겨있다. 종을 만들기 위한 발원자와 시주자. 주조 장이 기록되어있는 것으로 보아 종을 만들고 시주 함으로써 부처님의 공덕을 믿었던 것이 아닐까?.

종은 소리가 장엄하면서 청아하고 음 통, 연 곽, 종 유, 당좌, 비천상… 몸체와 조화를 이루며 아름다워야 하는 종합 예술품이다. '소리는 하늘과 지옥 세계까지 메아리쳐 보는 사람은 기이함을 칭송하고 듣는 자는 복을 받는다.' 하였다. 은은하게 퍼지는 종소리는 모든 소리를 잠재우고 마음에 있는 나쁜 기운을 날려 보내 번뇌를 끊어 주고, 세파에 찌든 몸과 마음을 청정하게 씻어준다.

우리나라의 국보 종으로는 상원사 동 종,(국보 제36호) 성덕 대왕 신종(국보 제29호), 천흥사 종(국보 제280호) 용주사 종(국보 제120호)이 있다.

용주사 종은 정조의 효심이 담겨있다. 효심이 깊은 정조는 아버지의 묘를 융건릉으로 이장 후 능침사찰로 꿈에 여의주를 물고 있는 용을 보았다. 하여 길양사 터에 용주사를 세우고 장조의 위패를 모셨다.

성덕대왕 신종은 일명 에밀레종이라고도 불리며 경주박물관 뜰에 있고 통일신라의 대표적인 종으로 가장 크다. 에밀레~ 에밀레 소리가 간절하여 아이를 넣었다는 전설이 전해 진다. 사람의 몸은 수분이 70%다. 쇠를 녹이고 붓는 과정에서 사람을 넣으면 종을 만들 수 없고, 검사한 결과 사람의 뼈를 형성하는 인 성분이 나오지 않았다. 28년이란 긴 세월 동안 종 만들기에 매달려 그런 전설이 만들어졌나 보다.

경덕왕이 아버지인 성덕왕의 공덕을 널리 알리기 위해 만들었으나 경덕왕은 종의 완성을 보지 못하고 아들인 혜공왕 때 완성이 되었다. 종신에 있는 비천상은 연화 좌에 한쪽 무릎을 세우고 향을 공양하는 모습으로 신라 종에서 볼 수 없다.

상원사 동종(국보 제36호)은 우리나라에서 가장 오래된 종으로, 신라 성덕왕 때 주조되어 절에 있었으나 조선 초기 배불 정책으로 안동부 남쪽 문루로 옮겨졌다. 상원사는 세조의 피부병 치료와 관련이 깊은 절이다. 상원사에 봉안할 종을 찾던 중 안동부 문루에 있던 종이 선종 되었고 세조가 승하한 후 예종 원년에 상원사에 도착하였다.

안동부에 있던 종을 오대산 상원사로 옮기던 중 죽령 고개에서 쉬게 되었다. 종은 안동을 떠나기 싫었는지 움직이지 않아 36개의 종유 중 하나를 떼어 안동으로 보내니 종이 움직였다는 설화가 있다. 무생물인 종마저 한 번 맺은 인연을 소중히 여겨 지금까지 종유를 떼어낸 아픈 상처를 안고 있다.

종은 다양한 높이의 음파 진동수가 있어 아름다운 소리가 길고 넓게 퍼지려면 종의 크기와 두께, 광물의 함량 등 기술적으로 많은 어려움이 있다.

범종을 만들기 위해서는 시주를 받으러 전국을 돌며 고행하시는 스님이 계시고, 시주를 하는 사람의 마음과 물건이 청정해야 하고, 주조 장의 정성과 믿음이 있어야 한다. 과학적으로는 도저히 풀 수 없는 아름다운 소리는 오로지 맑은소리를 찾아 쇠를 녹이고 붓기를 반복하는 정성이 하늘을 감복시켰기 때문이다.

마치 살아서 하늘을 나는 것 같이 생동감이 있는 돋을새김 주악 천인 상, 연곽과 종 유, 당좌, 화려한 당초 무늬… 얼마나 짜임새 있고 예쁜지, 보고 있으면 아！하는 탄성이 절로 나온다.

새해의 소망을 담아 보신각종을 치며 한 해를 열듯이 종소리에는 기원이 담겨있다. 밝은 소리, 하늘 꽃으로 열리는 깨달음의 소리, 희망의 소리 되게 하소서.

왕의 곤충 비단벌레

(자료출처: 나무위키)

곤충은 인간이 지구상에 출현하기 훨씬 이전부터 존재했다. 곤충은 식용이나 약용, 해충을 억제하는 천적, 환경 정화 등 사람이 살아가는데 유익한 자원이 된다. 그늘에서 쉬고 있을 때 우는 매미, 꽃 위에서 팔랑대는 화려한 나비, 푸른 하늘을 나는 고추잠자리 떼, 밤하늘을 수놓은 개똥벌레 등… 정서 생활에 많은 도움을 준다. 짓궂은 남자아이들이 개똥벌레의 발광 부분을 떼어 눈썹에 붙이고 나무 뒤에 숨었다 나타나 놀랐던 기억도 있다.

비단벌레는 금와충이라 해서 본초강목이나 일본의 고서인 왜막삼재도회에 독이 있어 20mg 정도면 사람이 죽을 수 있지만, 아주 적은 양을 허리에 차면 서로 사랑하게 만드는 사랑의 묘약이 된다. 하였다.

비단벌레의 모습을 한 번도 본 적이 없기에 호기심을 가지고 비단벌레 특별전을 관람하였다. 영롱한 금 녹색 빛이 뿜어져 나오는 날개가 비단처럼 고와서 비단벌레란 이름이 붙었을까?

비단벌레는 세계에 분포되어 있고 우리나라는 주로 남부 지방의 팽나무에 서식하며 4~5년 동안 나무속에서 유충으로 지낸다. 알에서 애벌레, 번데기를 거쳐 탈바꿈하는 곤충이다. 비단벌레는 앞가슴과 등판 날개 사이에 붉은색 굵은 줄이 있다. 날개는 마그네슘과 철 같은 광물질이 17층으로 이루어져 있어 보는 각도에 따라서 초록색으로 보이기도 하고 무지개같이 황홀하게 보이기도 한다.

1,500년 전에는 광물에서 채취한 보석이 귀했을 것이고 아라비아에서 수입한 유리가 금보다 비쌌다고 한다. 자연에서 쉽게 얻을 수 있고 영롱하며 오랫동안 변색이 없이 보존되는 장점이 있는 비단벌레를 장식하게 되었을 것이다.

중국에서는 금으로 테두리를 씌워서 액세서리로 사용하였다는 기록이 있다. 천연염료가 더 은은하고 부드러우며 깊은 맛이 있듯이 자연에서 얻은 비단벌레는 오래 보아도 싫증 나지 않는다.

허물을 벗고 하늘을 날아오르는 곤충은 재생과 부활을 상징하며 현세의 복이 내세에도 유지되리라는 믿음과, 부와 권위를 상징해 비단벌레장식품이 최고 사치품으로 왕실에서 많이 쓰였다.

금관총, 황남대총 같은 왕릉급 무덤 목관 안에서 용무늬 금동 판 아래 녹색이 영롱한 말안장 가리개가 출토되었다. 비단벌레의 날개 2,000개 정도를 일일이 붙여서 만든 말안장 가리개는 얼마나 공이 들었는지 알 수 있다. 이집트 제21 왕조 미라 보드의 일부분을 보는 것같이 황홀하다.

삼족 오와 봉황이 장식된 고구려 유물, 금동 베개 마구리에도 비단벌레가 남아 있다. 고분에 남아 있던 일부분을 증거로 복원한 다홍치마는 비단벌레 장식을 꽃송이처럼 붙이고 가운데는 원형의 금판을 오려 붙여 눈이 부시다. 우리 조상들의 예술적인 감각이 놀랍다.

왕이 사망하면 부장품을 만들기 위해 백성들은 비단벌레를 잡으러 동원되지 않았을까.? 말의 장신구까지 치장의 범위가 넓어지자 자연에서 얻을 수 있는 비단벌레는 한계가 있어 대량 생산을 위해 키우기도 하였다는 기록이 있다.

신라 고분에서 출토된 말안장 가리개는 그 보존 처리 기술이 부족하여 아직도 특수 수액에 담겨 있다. 표본용이나 공예용으로 남획되어 그 개체 수가 줄어 지금은 법으로 보호하고 있어 비단벌레를 잡을 수 없다.

전시실에 있는 복제품은 비단벌레 사육에 성공한 일본인 아시자 와시치로가 기증한 것을 금속공예의 기능 보유자인 최광웅 씨가 일 년 동안 만들어 기증한 것이다.

눈에 띄는 색과 반짝이는 장식이 화려해서 시선을 끈다. 젊어서는 간 색이 고상하고 좋았으나 나이가 들면서 눈에 잘 띄는 원색을 선호하게 된다. 울퉁불퉁한 몸을 감추기 위해 옷의 색상뿐만 아니라 장신구에도 번쩍번쩍

빛나는 유리구슬을 붙여 시선을 분산시키는 효과를 얻는다.

천 년 이상의 세월이 흘렀어도 아름답게 보이고 싶은 사람의 욕심은 변하지 않는 것 같다. 비단벌레가 수놓아진 전시실의 다홍치마에 자꾸 눈길이 간다. 금박을 두른 왕비의 치마보다 훨씬 더 화려해 보인다. 비단벌레가 장식된 다홍치마를 입고 우아하게 걷는 내 모습을 상상해 보는 것만으로도 행복하였다.

이순신 장군의 검

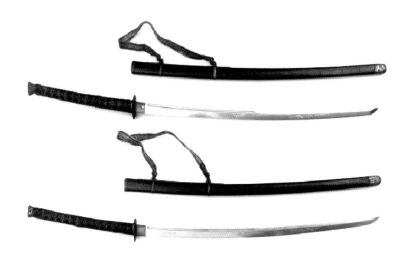

칼은 석기시대부터 무기나 생활 도구 또는 부장품이나 의례용 등… 그 쓰임이 다양하다. 삼국시대 고분에서 출토된 칼의 손잡이에 봉황, 용, 삼족오와 같은 문양과 도금 상태를 보고 무덤 속 주인공의 권위를 짐작할 수 있다. 현충사에 소장되어있는 장군의 검은 어른의 키만큼 긴 것으로 보아 전시에 사용하였다기보다는 권위를 나타내는 상징성이 더 크다.

성웅 이순신이란 드라마에서 본 기억이 났다. 장인 태귀연과 이무생이 만든 장검에는 "석 자 되는 칼로 하늘에 맹세하니 산과 물이 떨고, 한번 휘둘러 쓸어버리니 피가 강산을 물들인다." 하는 장군의 친필 글귀가 있다.

이순신 장군은 몰락한 집안에서 태어나 가난해 외가에서 자랐다. 한번 과거시험에 낙방한 경험이 있고 선조 9년, 32세에 병과에 입격하였다. 입이 무겁고 원칙에 어긋난 것 과는 타협하지 않은 곧은 성격 때문에 승진이 늦었다 전한다.

부족한 군자금을 보태기 위하여 논밭을 갈며 부지런히 일하셨고 일본의 침략을 예견하여 군비를 비축하고 거북선을 제조해 국방에 힘쓰셨다. 녹둔도 둔전관이던 시절에 여진족의 기습을 막지 못한 책임을 지고 백의종군하였고, 기요마시의 왜군을 공격하라는 조정의 명령을 전략상 판단으로 따르지 않아 파직되었다. 임진왜란 1년 전에 류성룡의 천거로 전라 좌수가 되셨다.

한산대첩은 세계 해전 상 4대 대첩 중의 하나로 이순신의 뛰어난 전략과 거북선의 위력을 보인 전투다. 충정과 용기뿐만 아니라 지도력과 전략 면에서도 뛰어났다. 하늘도 그의 충성스럽고 고귀한 정신에 감화되었던지 세계 해전사에 무패의 기록을 주셨다.

러시아 발탁 함대를 무찌르고 승리한 후지가 아키아노 일본 제독의 저서에 "성웅 이순신은 영국의 넬슨과 견줄 만하다. 그에 비하면 나는 하사관이다." 하며 극찬하였다.

선조는 임진왜란과 정유재란이 끝난 후 문신은 호성공신으로 무신은 선무공신으로 책봉하였다. 선조와 신하는 전란 내내 도성을 버리고 도주하기에 바빴으며 압록강을 건너 요동으로 도망치려는 요동 내부 책을 주장하였다. 목숨을 바쳐 싸운 무신의 공신 수가 문신의 1/7밖에 안 되는 것을 보면 그 당시 무신을 얼마나 천대하였는지 짐작할 수 있다. 문과 무가 자신의 직분을 다하며 조화를 이루지 못할 때 나라는 어지러워진다.

'백우경'에 머리와 꼬리가 말을 하는 이상한 뱀의 이야기가 나온다. 어느 날 꼬리는 "네 놈이 앞을 차지하니까 여러 가지로 불편해 내가 앞으로 갈게. 네가 뒤로 올 수 없겠니?' 머리가 잘 끌어 주니까 고마운 줄도 모른다며 서운한 마음을 표현하자 시비가 붙었다. 화가 난 꼬리는 나무를 칭칭 감고 풀어 주지 않았다. 할 수 없이 꼬리가 앞을 맡게 되었다. 눈이 없는 꼬리는 무턱대고 앞으로 돌진하다가 그만 불구덩이에 빠져 버렸다.

머리는 꼬리의 불평을 듣고 눈이 없는 꼬리는 만용을 부리지 말아야 했다. 조언하고 좋은 의견은 수용하는 자세가 필요하다. 요즈음 정치권을 보면 백성의 마음을 헤아리지 못하고 싸움질하는 꼴이 꼭 머리와 꼬리가 말을 하는 뱀을 보는 것 같지 않은가. 국회 안에서 소화기가 뿌려지고, 절단기로 부수고, 해머를 휘두르고, 시정의 폭력배처럼 난동을 부리고 국민을 모욕한 국회의원을 보았다. 나라와 백성을 사랑하는 정신, 정의를 실천하는 정신, 공과 사를 냉철히 구분하고 책임을 완수하는 정신은 어디 갔는가? 어지러운 시국에 이순신 같은 충신과 류성룡같이, 학문과 덕을 쌓은 재상이 절실히 필요하다.

"장군이시여 칼을 다시 세워 저들에게 깨달음을 주소서."

보물이 5개 물걸사지 있다

(자료출처 : 동언우, 물걸사지 학술발표)

　물걸사지를 생각하면 화부터 치밀어 올라온다. 박물관에서 봉사하면서 우리의 역사와 문화재에 남다른 관심이 있어 답사를 많이 다니는 편이다. 홍천군 내촌면 물걸사지에 보물이 다섯 개가 있다는 말을 듣고 가슴이 뛰었다. 춘천시에는 보물이 세 개밖에 없는데 대체 어떤 곳이기에 한적한 시골 절에 보물이 다섯 개나 존재할까? 이 절은 언제, 누가 창건하였으며 절의 이름은? 왜 폐사가 되었을까? 궁금증을 참을 수가 없었다.

　박물관 봉사자들과 찾아 나섰는데 길 안내 표지도 없고 밭에서 일하는 농부에게 물어도 모른다는 답변만 돌아왔다. 헤매다 찾은 절터에는 관리인도 없이 잡초만 우거져 있었다. 단청은 칠했으나 창고같이 허름한 건물 안에 불상이 모셔져 있다.

　많은 사람이 내촌 물걸리라고 하면 고개를 갸웃하다가도 동창 마을이라면 '아~ 거기' 하며 반색한다. 큰 재물이 있는 마을이라는 뜻의 물거리(物巨里)가 1914년 행정구역 통폐합으로 물걸리(物榤里)로 바뀌었다고 한다.

　그곳은 영서 내륙 교통의 중심지였고 강을 이용해 물품을 운송하던 곳이다. 서석, 내촌, 인제 일부 지역의 특산물과 대동미를 수집 보관하고 경창으로 수송하던 창고가 있었다. 사람들의 왕래가 잦아서 자연스럽게 장마당이 형성되고 주막거리와 마 방이 들어섰으며 영동과 영서를 이어주는 교통의 요지니 큰 절이 있었을 것이다.

　물걸사지에 남아 있는 석재와 돌부처, 탑을 보면 규모가 아주 큰 절이 있었을 것이다. 통일신라 후기인 9세기 조각 양식을 지닌 석조여래좌상(보물 제541호), 석조비로자나불좌상(보물 제542호), 대좌(보물 제543호), 광배(보물 제544호), 삼층석탑 (보물 제545호) 다섯 개가 보물로 지정이 되어 있다. 석조 여래불의 얼굴과 나발은 마모가 많이 되었다. 머리가 크고 투박한 석조 비로자나불의 광배는 깨졌으며 왼발을 위로 올린 항마좌를 취하고 있고, 불 대좌는 온전하다. 탑은 통일신라의 전형적인 형식으로 소박한 모습이다. 탑 오른쪽에는 팔각의 석불 대좌와 장대석, 주춧돌과 기와 조각이 수북하게 쌓여 있고, 절의 기둥을 받치고 있던 주춧돌이나 축대 또는 기초로 쓰였음 직한 돌들이 길옆 축대가 되었다.

대부분 절에는 금을 입힌 불상이 모셔져 있고 석불은 귀하다. 금동불은 화려하면서도 위엄을 갖추고 있어 근접하기 어려운데 석불은 이웃집 아저씨같이 편안해 보인다. 단단하고 차가워 보이는 돌의 성질은 찾기 힘들고 무채색이라 부드럽다. 격식을 갖추지 않고 내 가슴속에 있는 기도문을 끄집어내면 "그래, 그래" 고개를 끄덕여줄 것 같은 모습이다.

불교는 우리나라의 고유 토착 신앙을 수용하여 대중화를 이룬 융합 종교다. 절은 신앙을 초월하여 정신의 안식처이며 울타리같이 든든한 버팀목이고 화합의 장이 된다.

모든 문화재는 소실되면 그것으로 끝이다. 그동안 먹고 사느라 정신이 없어 문화재를 보존하는데 소홀히 하였다면 이제는 대좌와 장대석도 제 자리를 찾아 주어야 한다.

동양 최대의 불상을 만들고 동양 최대의 절을 짓는 것만이 능사는 아닐 것이다. 천년을 이어온 우리의 문화제를 내버려 두면 후손에게 부끄럽지 않은가? 신앙의 잣대로만 재지 말고 석불들의 격식에 맞게 복원하는 것이 옳은 처사라고 여긴다.

땅의 넓이가 제주도와 비슷하다는 홍천군은 문화재의 보고요, 예술품 전시장이고, 청정지역으로 노후생활이나 휴양지로서 가장 알맞은 곳이다. 가끔가다 아담한 절에서 불공을 드리고 법문을 들으며 욕심을 내려놓고 노후를 보내고 싶다.

중국, 집안에 있는 고구려 5호 고분

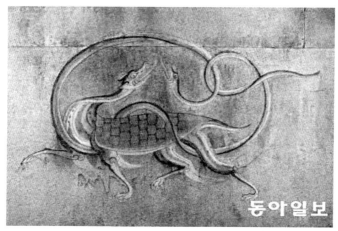

(자료출처 : 동아일보)

　　중국, 심양 문인들과 춘천 문인협회의 교류로 중국을 방문하였다. 중국은 고구려 흔적 지우기에 열심이다. 집안에 널려 있는 고구려 고분을 보며 생각이 많아졌다. 장수왕이 평양으로 천도하지 않고 굳게 지켰다면 이 너른 땅이 우리의 영토로 남아 있지 않았을까?

　　이 마을에 사는 사람이 고구려 벽화 한쪽 면을 떼어내어 수출품 속에 숨겨 한국으로 밀반출하다가 인천세관에서 적발되었다. 여기에 관련된 마을 사람 셋을 총살했다. 그 후 관광객에게 5호 고분만 개방하는데, 사진을 찍지 말란다. 근처는 관광객을 위한 현대식 화장실을 만드느라 온통 공사판이다.

5호 고분 안벽은 밝고 화려한 벽화가 그려져 있어 아늑하다. 회벽은 사방신이 연결되어 있고, 중앙에는 시상대가 있다. 벽면과 만나면서 줄어드는 좁은 면마다 용이 생동감 있게 꿈틀댄다. 네모난 중앙 천장에는 해 안에 삼족오가 달에는 토끼와 두꺼비가 있다. 각이 줄어든 귀퉁이마다 방금 피어난 듯한 붉은 연꽃이 있다. 불교와 도교, 샤머니즘까지 표현할 수 있는 모든 것이 조화를 이룬다. 살아있는 사람이 죽은 자를 위한 최대한의 배려며 내세관을 가지고 있는 것이 분명하다.

중앙에는 시상대가 3개 있는 것으로 보아 한번 맺은 인연은 내세에서도 계속하기를 기원하였나 보다. 시상대 중앙에는 남자 주인공으로 오석 통판이고, 왼쪽 시상대는 평범한 판석이 둘로 나누어져 있는 것으로 보아 첫째 부인이고, 오른쪽 시상대는 돌의 질이 떨어지고 판석이 여러 개인 것으로 보아 두 번째 부인일 것이라 짐작한다. 죽음에도 시차가 있으니 연도를 통해 추가 장을 하였을 것이다.

권력을 가진 지배자가 고인돌이나 피라미드 같은 거대한 돌무덤을 만들고 많은 부장품을 묻었다. 정말 인간의 욕망은 끝이 없는 것일까? 욕망이 극치를 이룬 대표적인 무덤으로 불로초를 구하고자 하였으나 마흔아홉에 생을 마감한 진시황 무덤이 있다. 지상 아방궁의 축소판같이 수은으로 강물을 만들고 금, 은, 보화로 나무와 꽃, 새와 고기를 장식하여 놓고, 전차를 타거나 말을 탄 흙으로 만든 무사가 도열 해 있다.

　이집트의 거대한 피라미드와 순장자나 부장품이 있는 고분은 모두가 죽음으로 끝나는 것이 아니라 또 다른 세계를 향해 끝없이 이어지는 제왕의 욕망이 들어 있다. 의학이 발달 된 미래에 다시 태어나고자 냉동 인간으로 남겨진 사람도 있으니 시대는 바뀌었어도 그 욕망은 오늘날까지 계속 이어지나 보다.

　문화나 생활환경에 따라 장례 풍습이 다르지만, 고대 에스키모인들을 보면 느끼는 바가 많다. 에스키모인들은 농사를 지을 수 없기에 채소에서 얻는 비타민의 결핍으로 평균수명이 짧다. 그들은 사냥할 수 없을 만큼 몸이 쇠약해지거나 앞 이가 빠져서 고기를 뜯을 수 없으면, 식구들을 모아 놓고 이별한 후 스스로 곰을 찾아간다.

　배가 부른 곰은 한동안 다른 짐승을 잡아먹지 않기 때문에 곰의 먹이가 되어 동족을 보호할 수 있다. 매장하면 얼음 속에 있는 시신은 썩지 않기 때문에 오랜 세월이 흐른 후에도 그대로 남으니, 동족을 보호하면서 자연을 정화하는 기능도 있다.

　우리나라의 장례문화는 유교의 영향으로 돌아가신 분의 묘를 잘 돌보아드리는 것이 효라 하여 조상의 묘를 치장한다. 인구가 계속 증가하니 앞으로는 장례문화도 달라져야 할 것이다. 나무 밑에 묻혀 흔적은 적게 남기면서도 자연으로 돌아갈 수 있는 수목장을 권하고 싶다.

　내세를 꿈꾸며 크고 화려하게 치장한 고분을 만들기 위하여 얼마나 많은 사람의 희생이 따랐을까? 내세의 방 고구려 무덤을 보니 죽은 사람이나 남은 사람이나 서로에게 짐이 되어서는 안 되겠다는 생각이 들었다.

유물은 원래 있던 상태로 두는 것이 가장 좋은 보존 방법이다. 고분 속에서 편안히 잠들어 있는 영혼을 많은 사람이 흔들어 깨우고 들여다보는 것 같아 송구하다. 무덤이란 생각 때문인지 축축하고 음산한 기운이 감도는 것 같아 빨리 벗어나고 싶었다.

경기 도자박물관

자기는 천년이 가도 변하지 않는 장점이 있다. 넓은 전시실에는 백자, 청자, 철화, 분청자기는 물론, 토기부터 현대작품까지 시공을 넘나들어 관심을 끌고 있다. 현대 도예 작가들의 다양한 작품이 전시되어 있어 도자기의 다양성을 볼 수 있고 생활용품과 장식용 도자기가 눈길을 끈다.

흙에 2~3% 철분이 포함된 강석질에 유약을 입혀 환원 변조한 것이 청자다. 태 토와 유약이 시대에 따라 조금씩 차이가 있지만 12세기는 고려청자의 절정기다. 이때 만들어진 상감청자는 기술이 독창적이고 섬세하며 형태와 문양이 조화를 이룬 비색이다. 18세기까지 청자를 생산할 수 있는 나라는 우리나라와 중국, 베트남. 3개국이다.

백자라고 다 같은 백자는 아니다. 15세기는 정 백. 성리학의 절정기인 중종 때는 아이보리의 세련된 백자, 임진왜란 후 혼란기인 인조 때는 회 백. 문예부흥인 영조 때는 설 백. 한국의 르네상스라는 정조 때는 유백, 조선왕조 황혼기인 19세기는 청백이다.

관심과 애정을 갖고 멀리서 보면 색의 식별이 가능하고 형태까지 눈에 들어온다. 언제 보아도 안아주고 싶은 달항아리! 철 성분이 없는 백자는 끈기가 없기에 아래위를 똑같게 만들어 가운데를 이어 붙여야 흘러내리지 않는다.

손잡이가 없고 번잡한 무늬나 장식이 생략되어 정갈하면서도 멋스럽다. 조선 선비의 지조와 검소함이 들어있다. 달항아리를 신령으로 모셨다는 이우복 선생님. 최순우 선생님은 '잘생긴 부잣집 맏며느리를 보는 듯하다.' 하셨다.

코발트 안료를 쓴 청화백자는 화려하다. 초벌구이해서 문양을 그리려면 안료가 빠르게 스며들기 때문에 최고의 실력을 갖춘 궁중 화원이 문양을 그려, 1,200도가 넘는 가마에서 구어 냈다.

돌 속에서 얻는 코발트 안료는 페르시아 지방에서 생산되어 중국을 거쳐 들어왔기 때문에 비싸서, 임진왜란과 병자호란 때는 국가의 재정이 어려워 코발트의 수입을 금하였다. 왕실과 귀족들만 사용하던 청화백자가 조선 후기에 신흥 부자들이 선호하며 일반에게도 퍼졌다.

전시실 안에는 볼수록 정이 가는 다양한 문양의 분청자기가 많다. 분청자기는 정선된 백토로 분장을 한 도자기로 15~16세기 약 200년 동안 유행하였다.

힘 있고 빠르게 붓으로 쓱 돌린 귀얄기법, 파낸 후 다른 퇴 토를 채운 상감기법, 산화철 안료로 무늬를 그린 흑갈색 철화문, 붉은색 동화… 도장을 찍듯이 돌려가며 꼭꼭 눌러 찍은 인화문 기법은 주로 경상도 지방에서 생산되었고, 백토에 담갔다가 무늬만 남겨 놓고 긁어낸 박지기법은 전라도로 지방에서 생산된 것으로 자유분방하며 활달한 개성과 분위기가 표출된 특징이 있다.

조선 후기에는 채색 도자기도 있고, 십장생, 초충도, 거북, 영묘, 등 다양하다. 호랑이가 위엄있거나 무섭지 않으며, 상상 속의 용도 익살맞은 모습이다. 큼직한 백자 항아리에 꽂혀 있는 윤회 매가 고풍스럽다. 밀랍으로 꽃을 만들어 족제비 털에 꿀을 바른 후 송화를 발라 벌과 나비가 날아들었다는 윤회 매가 아니던가.

전시장은 세계 도자 엑스포를 치른 곳답게 체험관과 가마, 판매장까지 갖추고 있으며 알록달록한 타일 모자이크로 처리한 길이 참 예쁘다.

분수대를 배경으로 사진을 찍고 아쉽게 발걸음을 돌렸다.

영친왕 비의 모란문 활옷

　국립춘천박물관 개관 20주년 기념으로 모란 전이 열리고 있다. 모란은 화려하고 기품있어 꽃 중의 꽃이다. 향기가 없다고 알고 있는 사람이 많지만, 모란 앞에 서보라. 톡 쏘지도 밋밋하지도 않고 부드러운 향이 오래 머물게 한다. 주로 약재로 쓰였지만, 당대 이후부터 시와 그림의 소재로 자주 등장했다. 임원경제지에는 327종 모란이 소개되어 있다.

　당파전쟁이 심했던 시기에는 문인들이 꽃 가꾸는 취미가 유행하였다. 구덩이를 깊게 판 후 발열재로 퇴비를 넣고 흙을 덮은 후 기둥을 세우고, 기름먹인 한지로 창틀을 겹으로 만들어 보온하거나 아예 구들을 놓은 후 흙을 덮어 파초를 키우기도 하였다. 이때부터 모란은 귀족의 전유물에서 벗어나 대중화되었다.

모란은 불교 미술, 도자기, 복식, 가구 장식, 사원 건축 등 많은 영역에 들어있다. 영원함을 상징하는 괴석과 나비를 함께 그려 장수와 평안(平安)을 상징한다. 국장 때 신주를 능에서 혼전으로 모실 때와 신주가 머무는 모든 공간은 물론 선왕의 삼 년 상을 치른 후 신주를 종묘로 모실 때 사용한 가마도 모란문을 새겨넣었다.

영친왕 비가 혼례 때 입은 화려한 활옷과 대요가 전시되어 있어 박물관 안이 환하다. 활옷은 조선 공주와 옹주가 입던 예복으로 다홍 비단에 청색 비단 안감을 넣고 모란과 봉황, 파도, 연꽃, 나비를 수놓고 소매에는 황, 청, 다홍색 색동과 한삼을 달았다.

대요는 황실 최고 신분 여성이 혼례, 책봉 등 국가 행사 때 착용하는 예복인 적의를 입을 때, 대수 머리를 장식하는 띠다. 모란무늬를 짜 넣은 비단 머리띠 위에 홍파리와 비취, 진주를 장식해 화려하다. 모란을 수놓아 자손 번창과 행복을 기원한 진주선, 방석, 댕기, 모란 병풍이 함께 있다.

일본 황족인 나시모토 노미야 마사코는 영친왕과 결혼하였다. 영친왕의 배필로 민갑완의 딸을 세자빈으로 간택한 상태였다. 일본과 한국 두 왕실의 장래를 위하여 결합할 필요가 있다는 데라우치 마사다케 원수 주장에 의해 이루어진 결혼이었다. 영친왕은 고종황제와 엄귀비 사이에서 태어난 고종의 7남으로 일본에 끌려가서 일본식 교육을 철저하게 받고 일본 육군

대학을 졸업해 일본군 장교로 근무하였다.

영친왕 비(이방자)는 활달한 성격으로 연극을 좋아했고 비행사를 꿈꾸며, 황족이 배우는 교양과목과 피아노, 일본 전통 악기인 와카, 프랑스어를 배웠다.

영친왕과 결혼 후, 가정교사를 두어 조선의 역사와 문화를 공부하였다. 7개월 된 아들 진을 데리고 조선을 방문해 보름간 머무르다가 떠나기 전날 진이 사망해 숭인원에 묻혔다.

세계 제2차 대전 종전 후 왕가의 지위가 폐지되어 생활비가 끊기고 왕실 재산이 몰수돼 힘든 시기를 보냈다. 이승만 정권은 한국 국적을 인정해 주지 않고 귀국을 거부하였다. 박정희 정부가 1963년 낙선재로 모셨다.

칠보공예를 배워 수익금으로 1970년, 수원의 장애인 학교인 자혜학교, 1982년, 광명에 명혜학교를 세우고 장애아동 봉사에 전념하셨다. 자식을 잃은 곳이기에 오고 싶지 않았겠지만, 왕비의 품위를 유지하며 창덕궁 낙선재에서 생을 마칠 때까지 한 번도 일본에 가지 않았다. 전한다.

모란특별전에 나온 도자기나 병풍, 그림, 족자, 수 공예품, 자수, 가구 등 많은 전시물은 자주 보아서인지 영친왕 비가 혼례 때 입은 활옷과 대요, 덕혜옹주의 어렸을 때 입은 옷에 눈길이 오래 머문다. 궁에 머무르는 보름 동안 저 활옷을 입고 혼례를 올리고 왕실 법을 따르느라 얼마나 힘들었을까? 평민이었다면 보통 삶이었을 텐데 황족이라 희생이 따랐다. 지아비를 떠나보내고 낙선재에서 병중인 덕혜옹주와 같이 생활하는 동안 얼마나 외로웠을까? 한때의 부귀영화가 덧없음을 보여주고 있다.

오색보석이 꽃으로 피어 눈길을 사로잡는 대요가 왠지 슬퍼 보인다. 나라를 잃으면 한 여인의 가련한 삶으로 그치지 않는다는 교훈을 보여주고 있다.

대영박물관 한국전

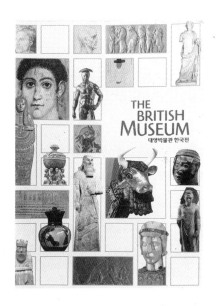

　세계 3대 박물관이라는 대영박물관 한국전을 보기 위해 예술의 전당으로 갔다. 대영박물관은 약 8만 점의 유물을 수집한 의사 한스 슬론경 (1660~1753)이 인류의 총체적 기억을 남기기 위해 일반에게 공개한다는 조건으로 국가에 기증하여 탄생하였다. 세계적으로 희귀한 고고학 및 민속

학 유물 대부분이 약탈한 문화재라 반환을 주장하고 있다.

전시실 앞에 붙은 대표작품 사진을 미리 감상하며 긴 줄을 따라 들어갔다. 우리나라는 청동기 시대에 민무늬토기와 청동 거울, 간석기를 사용하였는데 저들은 벌써 유리와 금을 사용하여 유물마다 화려하다.

우리는 시신을 네모난 관에다 넣어 매장하는, 반면 이집트는 부드러운 여체의 곡선이 그대로 드러나게 미라로 만들어 놓았다. 이번 전시회를 통해 우리의 문화와 비교하여 보니 근시안적인 안목이 여실히 드러났다.

기원전 1,050년경 이집트제 21왕조 초기 막대한 세력을 가진 여성의 미라를 덮은 미라 보드가 있다. 시원스럽게 그러진 커다란 눈과 두툼한 입술이 전혀 낯설지 않다. 금칠한 얼굴과 화려한 연꽃 문양의 옷자락 장식에 눈길이 간다.

중심에 황금빛 손이 돌출되어 있고 태양, 원반과 매, 날개를 가진 여신 너트 오시리스신의 표장, 등 정교한 무늬가 대칭으로 있다. 내세에 신성함을 얻기 위한 기원으로 푸른색 가발을 쓰고 있으며 전체는 황금 바탕에 녹색과 검은색 무늬가 화려하고 무척 정교해 예술성이 돋보인다.

지배자가 권력과 부를 과시하기 위해서 화려함의 극치가 사후세계까지 이어져 있다. 삼베 수의만 보아온 터라 화려하고 정교한 저것이 죽은 자의 시신을 덮었던 것이라고는 상상이 가지 않는다

이라크 남부지방에서 출토된 여왕의 수금도 인상이 깊다. 푸아비 여왕의 묘 안쪽 벽면에는 장신구로 치장한 열 명의 순장자 있는데, 머리 쪽에 있는 여성은 수금 위에 손을 얹은 모습으로 출토되었다. 염소의 머리 장식이 있는 수금은 가장 질기다는 소의 힘줄로 만든 11줄의 현악기다. 죽은 자를 위

하여 죽는 순간까지 수금을 타야만 했던 소녀를 생각하니 가슴이 저리다.

섬세한 유럽의 유물과는 달리 아프리카는 색이나 질감이 독창적인 표현이 많다. 아프리카인들의 영혼과 삶의 방식을 돌이나 나무, 흙으로 표현하였는데 우리의 정서와 맞는 것 같아 훨씬 더 친밀감이 든다.

이탈리아 유물로 어둡고 무거운 청동으로 만든 화장품을 보관하는 용기는 재질이나 색상에서 우리나라의 공예품과 많은 차이를 보였다. 그리스 용사, 요정, 향수병을 들고 서 있는 소녀상, 힘이 불끈 솟은 세 개의 사자다리 등이 장중한 느낌을 주었다.

왕족들의 주문으로 제작된 빨강과 보라색 에나멜에 금박을 입힌 유리 램프에는 코란의 구절이 적혀 있다. 저 램프에 기름을 넣고 불을 밝히면 천국에 온 것같이 황홀하여 정신이 아득해질 것만 같다.

우리나라 유물로는 고려시대에 만든 철 화 국화 당 초 문 매병과 청자 진사채 초화문 대접, 남인 출신 문신 채제공의 초상화. 3점이 있다. 매병은 흑색만으로 여백을 적게 두고 국화와 당 초 문양을 빽빽하게 채워서 단아하다.

가난하면 유물을 지키고 보존하는 힘이 미치지 못한다. 아프가니스탄 반군은 우상을 파괴한다는 명목으로 모술 고고학 공원에 있던 아시리아 시대의 유물 '독수리 날개 달린 황소'와 '로즈한의 신'을 파괴하였다. 탈레반은 비미얀 석불을 파괴하고 팀북트 고대 문서를 훼손했다. 영국 대영박물관 유물은 빼앗은 문화재지만 보존이 잘 되어 용서되었다.

우리나라는 문화재를 외국으로 반출을 할 수 없게 법으로 정해 있다. 아무리 우리 것이 소중하다 해도 우리만 보고 즐긴다면 우물 안의 개구리와 같다고 할 수 있다. 외국 박물관에 대여하여 주거나 그 나라 유물과 교환을 하면 어떨까? 오히려 많은 외국인에게 우리의 우수성을 알릴 수 있고 관심을 이끌 수 있을 것이다. 찬란한 유물들을 통해 전쟁과 내전으로 편한 날이 없으며 극단적인 성격을 지녔다고 생각한 아랍인들의 의식구조와 다른 나라의 문화를 깊이 이해하고 존중하는 계기가 되었다.

사진으로 본 백 년 전 생활사 특별전

100년 전쯤이면 우리 아버지가 태어나셨던 때다. 경술국치 전 기록은 남은 것이 많지 않은데 유리건판 사진은 참으로 귀중한 자료다. 서양 선교사가 남긴 채색 유리건판 사진은 문명의 혜택을 받지 못하고 사는 원주민이나 소수민들의 생활을 체험하는 '오지 체험' 프로를 보는 것 같다. 아파트 숲에서 첨단 문명의 혜택에 젖어 사는 아이들에게는 구경거리다.

동대문 옆에는 미국인이 설립한 화력 발전소가 있고 남대문과 동대문 안으로 전찻길이 있다. 초기 미국 사회에서 백인과 흑인 칸이 있었다는 말은 들었어도, 우리나라 전차에 양반 칸이 따로 있었다는 사실은 사진을 통해서 알았다.

영은문은 태종 7년에 세운 문이다. 임금이 즉위하면 명나라 사신이 조칙을 가지고 왔고 임금이 모화관까지 가서 사신을 맞았는데 모화관 앞에 세웠던 영은문 기둥이 독립문 옆에 고스란히 투영되어 있다. 나라의 소중함을 후손에게 깨우쳐주려고 그 자리에 독립문을 세웠다.

독립문 앞에는 장이 서서 북적이고 사람 키보다 훨씬 큰 짐을 진 짐꾼, 닭을 팔기 위해 발이 묶인 닭을 앞에 놓고 있는 촌부, 키보다 높게 죽제품을 지고 가는 상인, 난전에 늘어놓은 유기 제품 사진과 유옥교(당산관 이상 처나, 딸 또는 혼례식 때 타는 지붕이 있는, 가마.)를 타고 가는 사진이 있다.

신분과 계절에 따라 다양한 모자를 쓰며, 농부의 아내까지 모자를 쓰고 일한다. '모자를 무척 좋아하는 민족이다.' 하였다. 여인들은 햇빛은 물론 얼굴이 반쯤 가려지는 수건을 쓰고 다녀 외국인의 눈에는 머리에 쓴 수건이 모자로 보였나 보다. '여자들에게 인권은 없고, 인권은 남자들의 권리 같다' 선교사는 기록으로 남겼다.

차림새를 보면 어른, 아이 없이 힘든 시대를 살아가느라 몸은 고달파도 표정은 순박하다. 혼을 빼앗아 간다는 속설이 퍼져 두려움을 느꼈거나 사진 찍기가 익숙지 않아 잔뜩 찡그린 얼굴이지만 건강해 보인다. 불과 100년 전이건만 까마득한 옛날이야기 같다.

일제 강점기와 한국전쟁 때 폐허로 변해버린 사진 속의 모습들은 온데간 데없이 천지가, 개벽한 듯 발전하였다. 난민 수용소 같던 청계천은 빌딩 사이로 맑은 물이 넘치는 시민들의 쉼터로 변했고, 제비집같이 매달렸던 옥수동 달동네는 빌딩 숲이 됐으며, 돛단배를 타고 건너던 마포나루 위로는 시속 300km로 고속철이 달리고 있다.

춘추 전국시대 관자에 의하면 나라가 망하는 이유로 아홉 가지가 있는데 국방을 게을리하고 무차별 평화주의가 이길 때, 쾌락주의가 만연할 때, 정치가 겉만 번지르르한 억지 이론에 휘말릴 때, 금전 주의가 판칠 때, 이해에 따라 도당을 꾸미고 파벌끼리 세력다툼이 생기며 사치 풍조에 물들 때, 정실 인사에 감춰 나눠 먹기를 하고 윗사람에게 아첨을 일삼을 때라고 하였다.

요즈음 우리의 모습 같기도 하다. 지금 우리는 선진국 대열에 끼었다지만 핵무기로 위협하는 북한을 머리에 이고 있다. 한국전쟁 때 우리를 도와준 16개국의 우방국 중 몇몇 국가는 빈민 국으로 전락을 해 버린 것만 보아도 알 수 있다. 힘의 논리에 따라 빠르게 변하는 세계정세 속에서 우리가 영향력을 행사하려면 잘 사는 길밖에 없다.

어렸을 때 추억이 아무리 아름다웠다. 해도 지지리도 가난하던 그 시절로 다시 돌아가고 싶지는 않을 것이다. 좋은 풍속은 잘 보존하면서 소득을 높여 100년 후 우리의 후손은 조상이 남긴 사진을 보고 자랑스러워했으면 좋겠다.

백 년 전 서양 선교사가 남긴 기록과 사진은 볼거리로 그치지 말고 그것을 통해서 우리가 어떻게 살아야 하는지 미래를 열어줄 지표가 되어 주었다. 역사가 무섭다는 것은 그 속에 진리가 있고 오늘을 비춰주는 거울이기 때문이다. 기록으로 남긴 사진만큼 정직한 것도 없다. 변하지 않으면 살아남을 수 없다.

6.25. 특별전, 어느 소년병

"6.25와 동부전선" 특별전을 관람하였다. 유엔기를 앞세우고 16개국이 참전하여 도와주었지만, 앞으로 일어나는 전쟁에 유엔군이 참전하기는 힘들다고 한다. 이사국인 소련이 반대표를 행사할 것이며 자국 이익을 앞세워 국민이 참전 반대를 할 것이라 한다.

6.25. 기록영상물과 전쟁의 실상이 사진 속에 고스란히 들어있어 전률이 인다. 학교폭력이 심각하고, 자살자가 늘어나며, 가출하여 P.C 방을 전전

하는 겁 없는 청소년들에게 윗세대들이 얼마나 힘들게 지켜온 나라인지 꼭 보여주고 싶은 사진이다.

우리는 70년 만에 전쟁의 잔해를 걷어내고 세계 10위 경제대열에 합류했다. 하지만, 종전이 아닌 휴전 상태다. 전쟁과 가난을 겪지 않은 MZ 세대들은 북한이 다량의 핵을 보유하고 동해로 미사일을 쏘아 올려도 관심 없다. 참을성까지 없으니 6.25 같은 전쟁이 또 일어나면 배고픔과 더러움을 참지 못해 죽을지도 모르겠다.

북한은 어려서부터 군사 훈련받는다. 남북통일 전선에서 죽으면 영웅이 되지만 포로로 잡히면 개죽음과 같다. 하는 사상교육을 한다. 포로로 잡혔던 어느 노인은 '발목에 쇠사슬이 채워있어 탈출하지 못하고 죽을 때까지 기관총을 쏘아야 했다.' 하고 증언하였다.

포로수용소의 높은 철조망을 배경으로 옷소매와 바지를 둘둘 말아 입고 서 있는 16세가량으로 보이는 소년병의 얼굴이 보살같이 환하다. 포로수용소에 있는 동안은 끼니를 거르지 않아서인지 얼굴에 살이 올라 있고, 천진한 얼굴에는 장난기까지 들어 있다.

이 소년병에게 높은 철조망은 구속이 아니라 구원의 손길이다. 이 소년병이 포로로 잡히지 않았다면 전장에서 굶주린 채 얼어 죽었거나 적의 총알받이로 희생이 되었을 텐데, 그나마 포로로 잡힌 것이 소년에게는 행운이다.

전선이 어디까지 밀고 밀리는지는 관심 없이, 어서 전쟁이 끝나 고향으로 돌아가 어머니의 품에 안기고 싶다는 염원만 들어 있을 것이다. 탱크가 시야를 확보하고 난 뒤 키에 맞지 않은 총을 메고 몹시 지친 모습으로 행진하는 비쩍 마른 소년병들의 모습과 비교가 된다.

또 다른 사진 한 장, 어쩌면 소년이 친구들과 말타기하고, 해 질 녘이면 풀밭에 매어두었던 소를 끌고 돌아오던 마을 뒤쪽 언덕이었을지도 모른다. 포탄이 떨어져 연기에 휩싸인 사진 속 언덕에는 급히 피신한 어린아이와 여자들의 모습만 보인다. 처녀포대기를 두른 아이를 돌려 안고 있는 어머니의 손이 겁에 질려 목을 움츠린 아이의 두 귀를 막고 있다. 자라목을 한 채 울음을 터트리는 아이, 포 소리도 익숙해졌는지 무표정한 얼굴, 사람들의 표정이 제각각이다.

운동경기는 진 사람과 이긴 사람 모두가 최선을 다했다면 경기가 끝났을 때 후회가 없지만, 전쟁은 양쪽 모두가 피해자다. 서울 한복판에는 더 파괴할 건물이 남아 있지 않았다. 하루아침에 천년을 이어온 문화재가 부서졌고, 화재로 잿더미가 되었으며, 건물과 산업시설 모두가 파괴되었다. 사망자와 부상자가 속출하고, 이산가족이 되어 온전한 집안이 드물었다. 그 잔해를 치우고 복구하는 데 노력과 시간, 경제적인 부담이 얼마나 컸을까?

그 참상이 얼마나 심했으면 프랑스 종군기자가 찍은 사진은 단테가 그린 "지옥"을 보는 것 같다. 했고, 유엔 한국재건위원회(UNKRA) 인도 대표 메논은 '복구를 기대하는 것은 쓰레기통에서 장미꽃이 피기를 기대하는 것' 같다. 하였다.

군인들의 피해가 얼마나 컸으면 맥아더는 '세상에서 평화를 가장 사랑하는 사람은, 군인이다'. 하였다. 군인이 아니어도 평화는 모든 사람의 희망이다.

사진 속의 소년이 어머니 품으로 돌아갔다면 지금쯤 호호백발 할아버지겠지. 손자들 앞에서 사선을 넘던 전쟁의 실상과 포로수용소에서 겪은 무용담을 들려주며 전우를 잃은 아픔을 되새기고 있을 것이다.

6월만이라도 그들을 기억하자. 그들의 희생을 잊지 않는 것, 내 집 내 나라를 지키는 것, 세계 시민정신으로 우리의 후손을 위해 환경을 보전하는 것도 우리가 할 일이다. 우리는 세계에서 유일한 분단국가이며 휴전 중이란 사실을 잊지 말다.

프랑스인 폴 자클레가 남긴 판화

(자료출처 : 국립중앙박물관)

판에 새긴 그림을 채색하여 옮겨 찍은 그림이 판화다. 판목은 신축성이 뛰어난 벗나무 재질이 최상품이며 뒤틀림을 막기 위해 양면에 새긴다. 처음에는 종교적인 교리를 전달하기 위한 수단으로 쓰였다. 글을 모르는 사람들의 이해를 돕기 위해 책 중간에 그림이 들어 있다. 가장 오래된 판화는 868년 간행된 금강반야바라밀경의 변상도다.

고려 후기에는 여러 종류의 불화가 목판으로 제작되었고 조선대에는 불경이나 탱화 외에 삼강행실도, 오륜 행실도, 일성록, 진찬의궤 등이 있다. 좋아하는 연예인이나 운동선수들의 사진을 몸에 지니고 다니듯이 사진기가 보급되지 않던 그 시절에는 인물판화가 사진처럼 대중에게 판매되었다.

음영이나 악센트가 되는 색, 모퉁이의 작은 구석을 채우거나 색이 다를 때는 각각의 목판이 필요하다. 여러 장을 찍어 낼 수 있다는 장점이 있지만, 같은 목판이라도 사람의 손으로 판각을 찍어서 매번 똑같은 판화가 나올 수 없어 다색판화는 인쇄물로 볼 수 없다.

폴 자클레는 다색판화 개인전을 한국과 일본에서 16회, 미국과 유럽에서 7회 열어 국제적으로 호평받았다. 나비를 수집해 일본의 자연사 박물관에 나비표본 30,000점을 남겼고, 많은 엽서와 66종의 다색판화 작품과 2,000점의 드로잉과 수채화를 남겼다.

폴 자클레는 프랑스에서 태어났으나 일본대학에서 프랑스어 교수인 아버지와 일본에 살았다. 몸이 약해 수영과 승마를 배웠으며 서예, 일본어, 유화, 일본화 등 최고의 실력자에게 개인 교습받았다. 일본 다색목판화인 우키요에의 기법을 바탕으로 새로운 구도와 색채를 창안한, 다색판화에 뛰어난 분이다.

어머니가 경성제국대학 관사에 살고 계셨기 때문에 어머니를 만나기 위하여 여러 차례 한국을 방문하였다. 한국인의 인정과 효 사상, 한복의 우아한 선과 아름다운 색, 누비옷의 질감을 엠보싱 기법으로 생생하게 표현하였다. 전통 결혼 예복을 입은 신부, 돌복을 입은 남자와 여자아이, 한국의 무희, 바다가 보이는 창문을 열어놓고 바느질을 하는 두 여인, 등 판화 작품이 있다.

판화는 스케치하고 그리는 화가, 목판을 파는 장인, 색을 입혀 찍는 장인이 공동으로 제작한다. 일본에서는 한 사람이 판각과 찍는 일을 겸하는 추세였지만 풀 자클레는 그림만 그리고 철저하게 장인에게 맡겼다. 목판을 파고 찍는 일을 분업해야 일의 능률이 오르며, 좋은 작품을 만들 수 있다는 쇠 힘줄보다 질긴 고집이 성공을 거둘 수 있었다. 완벽한 판화를 제작하기 위해서 한 작품에 무려 223판을 사용한 것도 있는데, 자연적인 효과를 얻기 위해 금분이나 은 분, 진주 가루같이 새로운 재료를 이용한 것이 돋보인다.

나비와 꽃에서 발견한 자연의 색을 수학 공식처럼 계산해 인간의 색으로 만든 작가다. 섬세한 선, 화려하면서도 맑은 색상, 판화에서는 보기가 드문 음영까지 마치 한 장의 수채화를 보는 느낌이 든다.

종이도 전통 방식으로 특별 주문한 종이만 사용하고 물감도 최고급만 사용하여 60년이 지난 지금도 금방 찍어 낸 것같이 선명하다. 그의 작품은 낯익은 풍경과 인물들의 화려한 색이 파스텔같이 부드러우면서도 투명하다.

그는 프랑스에서 태어나서 일본에서 평생을 보냈지만, 한국을 자주 찾았다. 평생 독신으로 살았으며 양녀로 맞은 한국인 나성순에게 모든 작품과 저작권을 물려주어 그 귀중한 작품 109점이 국립중앙박물관에 기증되었다.

어떤 분야에서 최고가 되려면 다방면의 관심과 실력을 키우는 것은 물론 그 일을 좋아하고 미치지 않으면 안 된다. 판화는 간결한 선이 생명이지만 강렬한 원색은 생동감이 있고, 간 색은 부드러워서 시각적인 효과가 뛰어나다.

사람들은 몸의 여섯 군데 감각을 통하여 즐거움을 얻게 된다. 붉은 고추를 들고 있는 남자 뒤에는 산의 능선이 부드럽게 이어져 있다. 한국인의 가슴속에 살아있는 초가지붕이나 고봉밥을 닮은 곡선이 마음을 편안하게 해 준다. 다색판화를 통해 우리 것의, 아름다움을 되짚어 보게 되었다. 눈으로 얻는 즐거움이 가장 큰 날이었다.

두루봉에 잠든 흥수아이

(출처 : 단국대학교 박물관)

동굴이란? 퇴적작용이나 지하수가 암석을 녹여 형성된 사람이 들어갈
수 있는 공간을 말한다. 동굴 안은 빛이 없기에 광합성을 하는 식물은 살지

못하고, 동물들은 탈색과 눈이 퇴화하는 반면 더듬이가 길어지는 특징을 가지고 있다.

동굴은 관광자원뿐 아니라 학술 가치가 있으며 핵 실험하고, 젓갈이나 농산물을 저장한다. 동굴은 맹수처럼 강한 이빨과 날개, 날카로운 발톱이 없는 사람들이 맹수들을 피할 수 있는 안식처가 되었고, 궂은 날씨는 물론 추위와 더위를 피하는데, 안성맞춤이었을 것이다. 자연 앞에서 겸손하고 순응하는 자만이 살아남았다. 선사시대 사람들이 거처로 사용한 흔적이 있는 동굴이 여러 곳에 남아 있다.

파라오들은 죽어서도 육체를 훼손하지 않으면 언젠가 영혼이 돌아온다고 굳게 믿어 성대한 지하 궁궐을 만들어 미라를 안치하였고, 이 미라를 견고하게 보관하기 위하여 피라미드를 만들었다. 이승의 삶이 저승까지 이어진다고 믿어 생활용품과 먹을거리, 심지어는 순장까지 하였다.

박물관 봉사자 교육으로 한국에서 가장 앞선 20만 년 전 구석기 유물을 보기 위해 단국대학교 박물관을 찾았다. 충북 단양 두루봉의 석회석 동굴에서 4만 년 전에 살던 5세 정도 아이의 온전한 뼈가 나왔다. 발견자의 이름을 따서 흥수아이라 부른다.

우리나라는 대부분이 산성토양으로 되어 있어 유기물이 쉽게 썩어 없어지는데, 동굴은 온도와 습도가 일정하게 유지되고 석회석은 뼈를 단단하게 하여주는 효과가 있어 뼈가 온전한 모습으로 남아 있나 보다. 4만 년을 이어온 이야기가 촘촘하게 짜인 역사 속에서 실타래가 풀리듯 솔솔 풀려 나올 것만 같다.

흥수아이의 뼈 위에는 붉은 황토가 덮여 있었고 석회암 지대에서는 자생하지 않는 국화꽃가루가 다량으로 나왔다. 붉은색은 부활, 생명 또는 영생을 상징하므로 부활이나 영생의 원을 담아 붉은색인 황토를 덮은 것 같다.

아이는 국화가 피는 가을에 사망하였고 어머니는 아이의 영혼을 위하여 먼 길을 가서 국화꽃을 가져다 장식을 하였을 것이다. 우리가 예를 다하여 엄숙하게 장례를 치르듯이 그들도 차마 끊기 힘든 혈육의 정을, 예를 다해 의식을 치르면서 마음의 위안을 받았는가 보다.

석가가 수제자들에게 세상에서 가장 두렵고 놀라운 일이 어떤 일인지 물었다. 제자들의 입에서는 '하늘에서 비가 내리는 일, 동물들이 새끼를 낳고 죽는 일', 등 여러 가지 대답이 나왔다. 홍수아이의 어머니라면 자식의 죽음을 지켜보는 일이 가장 두렵고 놀라운 일이라고 하였을 것이다.

어머니라면 자식이 앓아누웠을 때, 평상시에는 믿지도 않던 신에게 기적의 손길을 보내달라고 밤을 새워 기도한 경험이 있을 것이다. 자식을 위해서 자신의 목숨도 망설이지 않고 내놓는 것이 어미의 자식 사랑인데 자식을 가슴에 묻는 일이 4만 년 전이라고 다르겠는가?

집을 대신하여 생활하던 거처에 아이의 시신을 남겨 놓고 떠나야 하는 어미의 심정이 오죽하였을까? 아이의 어머니도 생을 다 하였을 때 동굴 근처 아이 곁 어딘가에 묻히지 않았을까? 다량의 꽃가루가 발견된 점을 보면, 홍수아이의 어머니도 여러 해 동안 국화꽃을 꺾어 들고 별식을 만들어 아이가 잠들어 있는 동굴로 달려왔을 것이다.

그 아이는 우리의 조상이다. 우리는 조상을 잘 모셔야 복을 받는다고 정성을 다하여 제사를 지내고 성묘와 벌초를 하며 무덤을 돌본다. 조상을 위하는 유교적 전통이 가치관의 변화로 점점 희미해지고 있지만, 4만 년이 지난 지금, 뼈를 수습하여 방사성동위원소로 연대를 측정하고 살을 붙여 전시하는 처사가 과연 옳다고 할 수 있을까. 그 아이의 영혼이 있다면 얼마나 혼란스럽겠는가? 뼈를 원래대로 안치하여, 두루봉 동굴유적만은 흥수아이의 영원한 안식처로 남겨두는 것이, 옳다는 생각이 들었다.

보자기 특별전

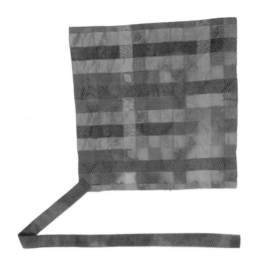

　버리기 아깝다고 차곡차곡 쌓아 둔 보자기가 서랍 속에서 공간만 차지하고 있다. 보자기의 역사는 생활 도구나 먹거리를 싸서 사용할 때부터니 인류의 역사와 같을 것이다.

　여행 중, 시간이 남아서 보자기 전시회를 보았다. 물건을 싸는 것이라는 생각에 큰 기대를 하지 않았는데 보자기에도 품격이 있고 규격이 있다. 어떤 형태의 물건이라도 네 귀를 마주 잡아매면 간편하게 들고 다닐 수 있다. 얇아도 쉽게 찢어지지 않고 쓰고 난 후 더러워지면 빨아서 다시 쓸 수 있으니 실용적이다.

싸고, 가리고, 덮고, 장식용으로… 다양하게 쓸 수 있다. 선조들은 손재주가 뛰어나 쓰고 남은 자투리 천을 이어 붙여서 멋과 선이 살아 있는 보자기를 만들었다. 영조 때 간행된 '상방정례'에 보자기의 다양한 형태와 크기, 천의 종류가 명시되어 있다는 사실을 알게 되었다.

보자기는 색상과 재질에 따라 세련된 감각과 높은 품격을 지닌 예술품이다. 화려한 색의 조화, 세모와 네모가 만든 절묘한 공간구성, 섬세한 자수, 여기에 여인의 손끝에서 나온 정성과 고운 마음씨가 들어있다. 크기가 다른 네모가 만나는 단순함은 정교함을 뛰어넘어 더 높은 차원의 아름다운 표현이다. 삼각형이나 사각형이 만나 질서와 변화가 되고, 색이 다른 크기와 면이 서로 끌어안고 있다. 색의 대비도 일품이다.

자수 보는 새, 꽃, 나비 등 다양한 무늬로 복과 장수, 건강, 다산을 기원하였다. 결혼식 날 기러기를 쌌던 원앙 겹 보자기는 비단에 명주 푼사로 모란과 다정한 원앙 한 쌍을 수놓고 가장자리는 금사로 둘러 아기자기하면서도 화려함이 극치를 이루고 있다.

묶은 매듭 위에는 화사한 꽃 한 송이가 피어 있어서 마음을 가지런히 모으지 않고는 함부로 풀 수 없을 것 같다. 보자기로 연출만 잘하여도 담긴 물건이 얼마나 돋보이는지 한눈에 보인다.

전시회를 보고 있는 동안 잊고 지냈던 보자기의 추억이 떠올랐다. 6.25 전쟁 중 태어나 물자가 귀하던 시절에 초등학교를 다녔기 때문에 책가방이 따로 없이 검은 무명 보자기를 책보로 썼다.

보자기를 반듯하게 펴서 한쪽 끝에 책과 필통을 놓고 대각선으로 돌돌 말아 허리에 매고 다녔다. 가끔가다 도시락 반찬 국물이 새서 얼룩을 만들지만, 냇물에 빨아 햇볕이 잘 드는 돌 위에 펴 놓고 놀다 보면 금방 말랐다. 물속에 오래 있어서 입술이 파래지고 떨릴 때 책보를 뒤집어쓰고 돌 위에 앉아 있으면 등이 따뜻해지고 몸이 부드러워졌다.

보자기는 있어도 없는 듯 다소곳이 가방 안에 숨어 있다가 쓰임새가 나타나면 네 귀를 활짝 펼쳐 한몫한다. 급할 때는 앞치마로, 허리에 매고 나물을 뜯을 때는 자루 대용으로, 산이나 들에서 점심을 먹을 때는 밥상이 되고, 쉴 때는 깔판이 되며, 다쳤을 때는 대각선으로 접어 압박붕대나 삼각끈 대신에 쓸 수 있다.

이웃 간에 음식을 나누어 먹을 때도 보자기로 덮었다. 음식만 나누는 것이 아니라 안부를 묻고 정을 나누었다. 손님이 돌아가실 때도 집에 있는 것을 나누어 정성껏 보자기에 싸서 드렸다. 보자기의 무게만큼 정성이 들어 있었다. 쇼핑백이 보편화된 요즘은 인정도 메마르고 그나마도 선물이 아닌 뇌물로 변질이 되어가고 있다.

독일 린덴 국립 민속 박물관장 피터틸레는 "색채 구성이 뛰어난 한국 조각보는 몬드리안이나 클레의 작품을 연상시킨다." 하였다. 20세기 추상화 거장들이 한국의 보자기를 본 적이 있을까?

한국의 보자기는 사용 후 접으면 그 공간을 돌려주고 스스로는 무(無)로 돌아간다. 우리는 쓰임새가 많고 편한 보자기를 너무 천대하고 있다. 옛것의 아름다움을 찾고 환경보호를 위해 쇼핑백 대신 '보자기를 사용하자' 하는 캠페인이라도 벌여야 할까 보다.

장식품으로 바뀐 조각보가 눈에 들어왔다. 온 집안이 환해질 것 같다. 보자기의 아름다움에 넋이 나가, 시간 가는 줄도 모르고 관람하였다.

황금 인간
(카자흐스탄 보물 특별전)

(자료출처 : 국립중앙박물관)

고려인이 10만 명 정도 사는 카자흐스탄은 세계 9번째의 넓은 영토를
가지고 있다. 1937년 스탈린은 연해주에 살던 우리 동포를 손에 들 수 있
을 만큼의 옷과 식량을 들려서 시베리아 횡단 화물열차에 짐짝처럼 태워
6,000km나 떨어진 중앙아시아로 보냈다.

자신들의 통치에 걸림돌이 된다는 이유와 일본인과 구별하기 힘들다는
이유로 한인들에게 간첩이란 누명을 씌워 두 차례에 걸쳐 이주시켰다. 열

차를 타고 20여 일 가는 동안 20%의 사람들이 죽어 열차 밖으로 던져졌고 살아남은 사람은 갈대밭에 버려진 아픈 역사가 있는 땅이다.

고려인들에 관심이 많았기에 카자흐스탄 보물 특별전이 열린다는 소식을 듣고 한걸음에 달려갔다. 전시실은 그들의 유물과 기술로 꾸몄고, 개막식 때는 200명이나 되는 손님을 카자흐스탄 음식으로 대접했다니 새삼 민간외교의 중요성을 깨달았다.

기원전 1,100부터 지금까지 유라시아 유목민들의 전형적인 생활양식, 전통, 풍습, 신체 예술, 의복, 마구, 의례 용기, 무기 등을 보여주고 있다. 아주 미세한 선이 모여 사물이 생기고 사물은 혼이 담겨 있다. 크고 작은 무늬가 균형 있게 배치되었고, 아주 섬세한 부분까지 일일이 손으로 조각한 그들의 솜씨가 놀랍다.

알마타시 이시크 고분에서는 미라와 함께 4천 점의 황금 유물이 쏟아져 나와 세상을 놀라게 하였다. 금은 영원불변하는 금속으로, 왕족의 전유물이었지만 몸에 지니기 쉽고 값이 나가 유목민들이 선호한다.

온몸을 금으로 치장한 카자흐스탄 왕자가 무덤에서 나와 전시실 앞을 지키고 있어 눈길을 끌고 있다. 15세 정도로 추정되는 왕자는 원뿔형 높은 모자에서부터 발끝까지 온몸이 황금으로 치장되어있어 눈이 부시다. 65~70cm의 원통형 높은 관에는 섬세하고 예술적 감각이 뛰어난 장식이 150점 있다. 칼을 차고 무기를 들고 있는 씩씩한 모습, 눈표범 머리 장식, 목걸이, 띠꾸미개, 산양, 늑대, 말 염소가 부조되어 있고…

태양신을 믿은 그들은 날개가 달린 말이 죽은 자의 영혼을 저승으로 데려다준다. 믿었다. 유목민답게 시상대 옆에도 말들의 뼈가 차곡차곡 쌓여 있다. 이승에서의 삶이 저승에서도 이어지기를 바라는 염원이 들어있다. 살아있는 자가 죽은 자를 최대한 화려하게 꾸며 죽은 자의 영혼을 위로하고 있다.

왕자의 허리에 찬칼이 눈에 들어왔다. 경주 계림 고분에서 출토된 황금 보검은 삼국시대 고분에서 출토된 대도와는 형태가 다르고 붉은색 석류가 박혀 있어 관심을 끌었다. 같은 형태의 보검이 실크로드의 선상에 놓인 키질 석굴 벽화에 있다.

보검에 박힌 붉은색 보석은 중앙아시아 흑해 연안에 생산되는 석류석이다. 황금 인간이 허리에 차고 있는 보검이 신라 계림 고분에서 출토된 보검과 비슷하며 붉은 석류석도 선명하게 박혀 있다. 4~5세기에 만든 보검이 200년의 시차를 두고 신라 고분에서 출토된 것이다.

카자흐스탄은 지금도 비행기로 9시간이 걸리는 거리다. 신라인들이 그 먼 거리에 있는 나라와 교역을 한 것을 보면 개방적이며 씩씩한 민족이란 생각이 든다.

유물은 과거를 넘어 현재까지 그 역사를 이어주고 있어서 소중한 가치를 지니고 있다. 우리 것만 배우고 익히면 우물 안의 개구리가 되기 쉽다. 열 번 듣는 것보다 한 번이라도 눈으로 직접 보는 것이 오래 남는다. 카자흐스탄 보물전을 통해 그들의 생활, 예술, 종교, 세계관, 사후세계까지 살펴볼 수 있었다.

관란정

술가리를 꾹꾹 밟으며 오솔길을 오르니 아담한 정자 관란정이 자리 잡고 있다. 깎아지른 바위 밑에는 서강의 파란 물이 원을 그리며 흐르고 노송 사이로 보이는 영월 쪽 산자락이 가슴까지 시원하게 탁 트였다.

관란정은 제천과 영월의 경계에 있으며 생육신의 한 분이신 원호 선생이 머물던 곳이다. 원호의 호가 관란이다. 원호는 단종을 폐하고 세조가 즉위하자 집현전 직제학이란 벼슬을 버리고 병을 핑계로 고향인 원주로 낙향하였다가 단종이 영월로 귀양 오자 같이 오셨다.

초야에 묻혀 살며 매일 아침 빨래터에서 음식과 채소를 담고 글을 써 표주박에 담아 띄우셨다. 서강을 흐른 물은 단종이계신 청령포로 흐르기에 단종이 받아 보셨다. 하니 그 충절에 감탄하지 않을 수 없다. 귀양살이하는 단종은 원호 같은 충신이 있어 위안 되셨을 것이다.

빨래터에 나온 아낙은 두 임금을 섬기지 않은 선비에게 감동하여 나도 두 남편을 섬기지 않겠다며 개가하려던 마음을 고쳐먹고 죽은 남편을 섬기기 위해 평생 흰옷만 입고 근검하게 살았다고 전한다.

원호는 충과 효가 으뜸인 유교 사상을 본받은 선비다. 세조가 호조 참의 벼슬을 내렸으나 마다하고 단종의 삼 년 상을 치른 후 은거 생활을 하셨다. 단종의 능이 동쪽에 있다. 하여 앉을 때나 누울 때나 반드시 동쪽을 향했다.

정조 때 선생의 업적을 널리 알리고 유허비를 세웠다. 후손인 우리가 자신의 안위만을 생각지 않고 충성으로 나라를 지켰다면 나라가 반으로 갈라지는 아픔을 겪지 않았을 것이다.

북쪽의 김정은 정권은 핵 실험을 강행하고 미사일의 사정거리를 늘려가고 있는데 우리는 불필요한 이념 논쟁을 하고 있다. 다수당의 횡포로 도덕은 땅에 떨어지고 지조는 헌신짝처럼 팽개쳤다.

세계는 코로나19로 하늘길이 막혔다. 거리두기 2.5단계로 자영업자나 소상공업자의 폐업이 늘어나 청년들의 취업이 막혔다. 처음으로 부모 세대보다 못 사는 세대란다. 재난지원금을 뿌려도 소비가 살아나지 않고 단맛이 들어 공짜를 바란다. 경제가 하향곡선을 그리고 있는데 언제쯤 지역별, 계층별, 세대 간, 이념적 대결이 치유되고 국익을 위해 뜻을 모을 수 있을까? 꼬인 실타래를 어디서부터 풀어야 할지 방향을 잡는 어른이 안 계신 것 같아 답답하다.

역사는 돌고 돌며 후세 사람들에 의해 평가가 된다고 한다. 원호의 충절을 기리며 300여 년을 지키고 있는 비각 안에 있는 시조를 암송해 본다.

간밤에 우던 여울
슬피 울어 지나가다.
이제 와 생각하니
임이 울어 보내도다.
저 물이 거슬러 흐르고저
나도 울어 보내도다.

전해 오는 전설처럼 단종의 혼이 태백산 신이 되셨다면 바람 잘 날 없는 나라를 구하고 믿음이 땅에 떨어진 우리 정치인을 원호처럼 청렴하고 올곧게 살수록 인도해 주십시오, 간절히 빌어 보았다.

청간정

(강원도 유형문화재 제32호)

    고성 청간정은 관동팔경 중 하나다. 강원도 유형문화재 제32호로 정확한 건축 연도는 알 수 없으나 1520년 군수 최청이 고쳐 세웠다는 기록으로 보아 그 이전부터 존재하였다고 본다. 한국전쟁 때 전소되어 재건축하였고 유연하면서도 힘이 있는 현판은 이승만 대통령의 친필이다.

    정자는 휴식을 취하거나 놀이를 위해 산이나 언덕, 물가 등에 높이 지은 다락집으로 문과 벽이 없이 사방이 트여 있어 주변의 풍광을 즐길 수 있다.

누각은 긴 돌기둥을 사용하여 마루를 높게 만든 2층 구조로 멀고 넓게 볼 수 있는 장점이 있다.

정자는 한시적으로 머무르는 공간이므로 기분을 전환하고 자연을 즐길 수 있는 공간이다. 취향에 따라 언덕 위에 있어 시야를 확보하는 곳, 산으로 감싸 아늑한 분위기를 지니는 곳, 계곡에 위치해 풍광과 흐르는 물을 감상하며 경관을 시야에 끌어 드리는 곳에 지었다.

대 우주는 자연을, 소우주는 나 자신을 의미한다. 자연 안에 자신이 놓이는 것을 이상으로 여겨 집을 지을 때는 최대한 자연의 풍광을 살려 짓고 담을 낮추어, 대 자연과 나를 연결하였다. 한옥의 창을 차경(借景)이라 부른다.

일상생활이 이루어지는 집은 남향으로 볕이 잘 들어야 하고 서향이나 습도가 많은 물가는 되도록 피했다. 집안에도 별당을 짓고 대청마루를 한 단 높여 정자의 분위기를 느낄 수 있도록 누마루를 꾸몄다.

전국에 정자나 누각은 많으나 청간정은 강원도 누(樓) 형식의 진수를 볼 수 있는 곳이다. 주위가 모두 석봉(石峰)으로 되어 있으며 층층이 대(臺)를 이루고 있다. 긴 돌기둥 있는 이 층 누각이다. 노송이 늘어선 숲 사이 오솔길을 오르면 탁 트인 동해를 굽어보는 정취가 그만이다.

유교의 실천자인 선비들은 많은 시간을 시(詩). 서(書). 화(畵)와 음악을 통한 자기 수양에 힘썼다. 삼국시대부터 국교가 불교라 명당자리는 이미 절이 차지하고 있어 숭, 유 배불 정책을 통치 이념으로 삼은 조선의 선비들은 절의 일부분을 그들의 공간으로 사용한 흔적이 보이기도 한다.

조선의 선비들은 홀로 있을 때도 도리에 어긋남이 없도록 몸가짐을 바르게 하고 언행이 일치하였다. 목에 칼이 들어와도 두려워하지 않는 강인함을, 옳은 일을 위해서는 사약과 귀양도 불사하는 불굴의 정신력과 물질적으로도 소박함과 검소함을 추구하였다. 청렴함과 검소함을 생활신조로 자연에 순응하는 선인(仙人)에 가까워지기 위해 정자에 올라 풍류를 즐겼다.

정자는 문화교류의 장소이며 화합의 장소다. 선비들이 재야에 묻히면 사(士)요, 벼슬에 나가면 대부(大夫)라 사대부로서의 신분 개념이 있다. 귀양 가서도 학문을 연마하고 유배지 인재를 양성하여 지방 문화를 풍족하게 하였고 때를 만나지 못하면 묵묵히 자신의 덕을 닦으며 은거 생활을 하였다.

청간정에 오르면 설악산과 코발트 빛 동해, 모래사장을 끼고 멀어지는 철책선, 아야진 등대가 한 폭의 동양화같이 펼쳐져 눈이 시원하고 가슴이 탁 트인다. 누마루에 앉아 최규하 대통령의 시문 편액을 읽는다.

설악산과 동해가 상조하는 옛 누각에 오르니
과연 이곳이야말로 관동의 명승이로구나.

일출의 명소요, 오징어잡이 불빛의 향연을 볼 수 있는 곳이며, 가끔 수평선 위로 멀어지는 군함도 보이는 곳이다. 비가 오는 날 청간정 누마루에 올라 바다와 하늘이 하나 되는 모습은 상상만으로도 가슴이 벅차오른다. 자연을 눈으로 보고, 귀로 들으며, 비릿한 해풍에 흔들리는 대로 몸을 맡기면 근심 걱정이 다 날아갈 것 같다. 가슴도 바다만큼 넓어지리라.

화음정사지
(조세걸의 곡운구곡도. 춘천박물관)

  사진작가와 함께 화천군 화악산 기슭에 있는 화음정사지를 찾았다. 이곳
은 공조참판 김수증이 곡운구곡이라 명명하고 78세까지 은거하신 곳이다.
무이구곡에 거주했던 주자를 흠모하여 전국에 6개의 구 곡이 있었으나 현
재 실경이 남아 있는 곳은, 괴산의 화양구곡과 화천의 곡운구곡 두 곳이다.
  곡운 구 곡은 정약용의 '산행 일기'와 이재의 의 '문산 집'에 '자연경관이

화려하게 빼어나거나 단조롭지 않아 학문하고 사색하기 좋은 곳이다.' 하는 기록이 남아 있고 김시습이 잠시 은거했던 곳이기도 하다.

계곡 사이에는 여러 채의 건물이 있었으나 지금은 아담한 송풍정과 삼일정이 계곡 품에 안겨 있다. 여름철인데도 계곡물이 서늘하여 소름이 돋는다. 수정같이 맑은 물소리에 체기가 가시고 너럭바위 위에 단정한 초가 정자는 세상의 근심 걱정을 내려놓으라고 한다. 물방울이 바위에 부서지며 아롱져 하늘에서 무지개를 타고 선녀님이 내려올 것 같은 신선 세계다.

김수증 본관은 명문가 집안인 안동김씨며 전서와 예서에 능한 문신으로 산수를 좋아하여 금강산과 명산대천을 유람하며 기행문을 남기셨다. 그분의 조부는 병자호란 때 끝까지 싸울 것을 주장하셨고, 청이 명을 공격하기 위하여 병력을 요청하자 반대 상소를 올렸다가 볼모로 잡혀가신 삼학사 중의 한 분이신 김상헌 대감이다.

기사환국으로(남인 세력인 장희빈 아들의 세자 책봉을 반대한 사건) 동생 영의정 수항이 우암 송시열과 같이 유배당하자 당파 싸움에 회의를 느껴 부친의 삼년상을 마치고 화악산 기슭에 은거하여 신선처럼 사셨다. 김수증은 서쪽 고개 이름을 백운령이라 짓고 집 앞 냇물을 백운계라 불렀다. 실경산수의 대가이신 조세걸을 초청하여 [곡운구곡도]를 그리게 하였는데 작품 중 일부는 국립춘천박물관에 전시되어 있다.

곡운구곡은 화천군 사내면 용담리와 삼일리 사이 7km 남짓 펼쳐지는 북한강 상류, 지촌천 구간이다. 꽃이 만발한 계절을 뜻하는 일곡. 방화계, 물이 옥같다는 이곡. 청옥협, 삼 곡은 신녀(神女) 협곡인 신녀협, 흰 구름이 머무는 사곡. 백운담은 구곡 중 으뜸이고, 옥이 부서지는 소리를 지닌. 명옥

뢰, 육곡은 와룡담, 밤이 더 아름다운 칠곡 명월계, 팔곡은 융의연, 바위가 층층이 쌓인 구곡. 첩석대. 일부 지역이 군사지역에 포함되어 자연훼손이 적다. 출렁다리와 용담산 등산로와 소나무 숲이 우거진 산책로가 있어 탐방객이 많이 찾는다.

시끄러운 세상의 소리를 씻어내고 머무는 정자, 엄류정에 오르면 은밀한 협곡과 시원하게 쏟아지는 물줄기, 천 년 묵은 이무기가 용이 되어 승천하였다는 전설이 들리는 듯하다.

바위에는 태극도, 팔괘, 하도, 낙서 등이 있다. 태극은 시간적이나 공간적으로 시작과 끝이 없기에 무극이라 하고 무극에서 우주 만물이 생성했기 때문에 태극은 모든 것의 시작이요, 으뜸이며 중심이다. 태극과 음양(陰陽) 사상에서 팔괘(八卦)가 나온다. 팔괘는 하늘, 땅, 불, 물, 우레, 바람, 산, 못, 춘. 하. 추. 동 등 자연의 이치와 인. 의. 예. 지. 등 인간사의 이치가 내포되어 있다. 계곡마다 아들과 조카들이 지은 시조가 전해진다.

일 곡이라 세찬 여울 들어오기 어려우니
복숭아꽃 피고 지고 세상과 멀어졌네.
깊은 숲길은 다해 오는 사람 없으니
어느 곳 산 가에 사는 사람 있으리.

'논어'에 어진 사람은 산을 좋아한다. 어진 사람은 의리를 중히 여겨 그 중후함이 산과 같다. 산을 좋아하는 사람은 마음이 고요해 장수한다. 하였다.

소나무가 많았고 그중에서도 원산 봉에 서 있는 소나무가 일품이다. 하였는데 지금은 소나무보다 활엽수가 더 많다. 소나무와 활엽수가 빽빽한 계곡 너럭바위 사이로 물이 콸콸 흐른다. 여름철에 이만한 피서지가 또 어디 있나. 인간세계에서 받은 깊은 상처를 치료해 주는 것은 청산(靑山)과 벽수(碧水)라 하였다. 헐렁한 옷 걸치고 계곡물에 발 담그고, 새 소리, 바람 소리에 귀 열어놓으면 마음은 바위같이 둥글둥글해지고 영혼은 맑아진다. 몸이 무거울 때, 생각의 끝이 보이지 않을 때, 가끔은 곡운 선생 흉내라도 내 보면서 에너지를 충전해 보는 것도, 좋지 않겠는가. 계곡마다 선인들의 시조를 읊는 청아한 소리가 들리는 곳이다.

죽서루
(보물 제213호)

　삼척 죽서루는 건물의 동쪽 대나무숲에 있었던 죽장사에서 따왔다고 전한다. 죽서루는 삼척도호부의 진주관에 딸린 관아의 부속 건물로 공적인 공간이며 사대부들의 교류 공간이었다. 태백산맥에서 발원한 물이 오십 번을 휘돌아 흐른다는 오십천 암벽 위에 세워진 죽서루는 (보물 제213호)

고려시대 이후 시, 그림, 글, 인물, 사진이 가장 많이 남아 있다.

울퉁불퉁한 자연석에 맞게 길이가 제각각인 기둥을 세워 자연을 훼손하지 않았고 나무계단이 아닌 바위를 밟고 2층 누각을 오를 수 있다. 또한, 주심포와 익공 양식의 공포를 함께 사용하여 변화를 추구한 건물이다. 일필휘지로 붓을 날린 허목이 쓴 편액 제일계정(第一溪亭), 힘이 느껴지는 부사 이규헌이 쓴 편액 해선유희지소(海仙遊戱之所), 부사 이성조가 쓴 편액 관동제일루(關東第一樓). 내부 천장에도 죽서루 현판과 시가 몇 편 걸려 있어 글씨체를 비교해 볼 수 있는 재미도 있다.

대 우주는 자연을, 소우주는 나 자신을 의미한다. 자연 안에 자신이 놓이는 것을 최고의 이상으로 여겨 집을 지을 때는 최대한 자연의 풍광을 살리고 담을 낮춰 대자연과 나를 연결하였다.

정자나 누각은 자연을 벗 삼아 휴식을 취하거나 주변의 풍광을 즐길 수 있도록 문과 벽이 없이 사방이 트여 있는 다락집으로 한시적으로 머무는 공간이다. 자연에 순응하며 선인(仙人)에 가까워지기 위해 누각에 올라 풍류를 즐겼으니 누각은 문화교류의 장소이며 화합의 장소다.

국립중앙박물관에 소장 되어 있는 필자 미상의 죽서루 그림을 들고 전망대 앞에서 현재의 모습과 비교하여 보았다. 푸른 물과 절벽 위의 죽서루가 울창한 숲에 쌓여 고즈넉하다. 이제 막 단풍이 들기 시작한 청명한 가을 분위기에 취한 마음이 차분히 가라앉는다. 넓은 모래사장 대신 잡초가 자라고 강수량이 적어 배를 띄울 수 없지만 그림 속의 모습과 크게 다르지 않아 위안이 되었다.

삼복더위에 대청마루의 향수를 달랠만한 곳이 어디 또 있겠는가! 너른 마당을 지키고 서 있는 고목이 운치를 더해준다. 바람 부는 날은 대숲의 흔들림을, 노란 은행잎 꽃비를 맞고, 하늘이 주신 선물 위에 발자국 돌려가며 흰 국화꽃을 찍고… 오십천 맑은 물에 물고기가 유영하고 구름이 떠가며 흰 갈매기가 나는 상상만으로도 행복하다.

도산서원에 핀 매화와 몽천蒙泉

　서원은 조선 선비들의 정의, 명예, 고결한 정신이 함축된 공간으로 학문 연구와 선현제향(先賢祭享)을 위하여 설립한 교육기관이다. 선조 7년에 건립된 도산서원은 해동 주자라 일컫는 퇴계 이황 선생님이 고향에서 학문을 쌓고 유생들을 가르치던 곳으로 영남 유학의 총본산이다. 퇴계 선생님은 학자와 선비로서 고결한 성품을 지녔으며 청렴결백하여 방안에는 책밖에 없었다고 전한다.

낙동강을 끼고 경사진 지형에 알맞게 건물을 배치하여 강 주변의 아름다운 경치를 감상하며 산책을 할 수 있다. 독일 철학자 니체는 "천재도 영웅도 한순간에 보통 사람으로 만들어 버리는 것은 풍토다" 하였다. '산에서 자란 사람들은 심지가 곧고 순하며 강이나 바닷가에서 자란 사람은 지혜롭다.' 하였는데 산과 강을 끼고 있는 천혜의 자연조건을 두루 갖춘 도산서원은 유생들이 학문을 닦고 수행하기에 알맞은 장소다.

선생께서는 기생 두향에게서 받은 매화를 심고 "매선(賣仙)"이라, 부르셨다는데 그 매화가 지금까지 건재해 있는지 가장 궁금했다. 그 매화가 4백 년이 넘는 풍상을 딛고 맑은 향기를 뿜어내고 있었다. 퇴계 선생님은 단양 군수 시절 관기인 두향과 30년이란 나이 차를 극복하고 정을 나누었다. 다른 임지로 떠나실 때는 관기의 신분인 두향은 동행할 수 없었기에 정표로 수석 2개와 매화 화분 1개를 드렸다고 전한다.

선생께서 얼마나 매화에 사랑을 쏟았으면 매화를 늘 가까이 두셨으며 매화에 관한 한시를 백 여수 남기셨고 임종 시 "저 매화분에 물을…." 하셨을까?

좋을 때는 불덩이 같이 달아오르다가 싫어지면 서릿발같이 매서워지는 요즈음 젊은 세대에게 굴곡진 세월을 안고 흐드러지게 핀 매화가 선생님의 인품과 두향의 사랑을 보여 주고 있다. 연륜이 쌓여 한층 더 멋스러운 왕버들도 선생님의 기품을 지닌 채 묵묵히 관광객을 반긴다.

사각 돌난간 안의 우물은 푸른 이끼에 쌓여 있어도 거울같이 맑아 내 얼굴이 비친다. 서당 식구가 사용하던 우물로 역경(易經)의 정괘(井卦)'정렬한천식(井洌寒泉食)에서 의미를 취하여 몽천이라 한다. 우물은 퍼내어도 줄지 않는다. 무궁한 지식의 샘물을 두레박으로 퍼내어 마시듯 부단한 노력으로 심신을 수양해야 한다. 우리 문화의 기틀이라고 할 수 있는 역경은 주역이다.

주역은 철학, 수학, 천문, 지리, 종교… 등 모든 학문의 요소가 담겨있는 동양의 최고 학문이다. 사물을 포괄하는 우주와 같다. 어느 시대나 장소에 두루 적용되는 과학성과도 상통한다. 자연의 진리와 인간의 도리를 탐구하는 두 축이 수레바퀴와 같이 조화를 이루는 것이 옳다고 본다.

훌륭한 스승 밑에는 훌륭한 제자가 나온다는 말이 있다. 도산서원을 둘러보면서 내게도 훌륭한 선생님이 계셨음을 자랑하고 싶었다.

반세기 전만 해도 초등학교에는 소아마비를 앓아 신체가 불편한 학생이 반마다 한두 명씩은 있었다. 우리 반에도 한쪽 다리를 질질 끌고 다니는 남학생이 있었다.

4학년 때로 기억이 된다. 봄 소풍 때, 선생님께서는 전교생이 모인 가운데 화합의 장으로 닭싸움을 시키셨다. 닭싸움은 한쪽 다리로 중심을 잡고 상대방을 밀어 넘어뜨리거나 오래 버틴 사람이 이기는 게임이다.

반대표를 거쳐 결승전에 오른 학생은 놀랍게도 소아마비 학생이었다. 한쪽 다리에 몸을 의지하여 걷다 보니 다리 힘이 얼마나 강한지 덩치가 큰 6학년 학생을 넘어뜨리고 우승을 차지했다.

반 친구들의 응원에 힘을 얻어 자신감에 차 있던 얼굴, 상급생을 제압한 후 두 팔을 번쩍 들고 내지르던 함성이 지금도 잊히지 않는다. 그 후 옷이 지저분하다거나 운동회 때 그 애와 같은 편이라고 불평하지 않았다. 지금은 우체국에서 성실히 근무하고 있다. 늦게 깨달았지만, 선생님께서 닭싸움을 계획하신 의도는 장애 학생에게 자신감을 심어주기 위한 배려였다.

공자는 서책을 묶은 가죽끈이 세 번이나 달아 끊어지도록 책을 읽으셨다고 한다. 몽매한 이를 바르게 가르치는 것이 성인을 만드는 일이다. 몽천은 몽매한 제자를 바른길로 이끌어 가는 스승의 도리와 한 방울의 샘이 모여 바다가 되듯이 끝없이 노력하여 뜻을 이루라는 교훈을 주고 있다. 우물은 수없이 퍼내어도 줄어들지 않는다. 많은 사람의 지혜가 옹달샘처럼 샘솟기를 기원해 본다.

봉의산에 있는 반기문 조상
반석평 암각 시

(자료출처 : 춘천 넘버원산악회)

춘천의 진산인 봉의산은 해발 301m로 낮지만, 사방으로 춘천 시내가 다 보인다. 산세가 봉황이 춤을 추는 것 같아서 봉의산이라 부른다.

정상에서 한림대 방향으로 50m쯤 내려간 지점에서 오른쪽으로 큰 바위에 반기문 유엔사무총장의 조상 반석평 시가 있다. 20년 전까지만 해도 가

파른 벼랑에 토끼길 같은 길로 다녔으나 지금은 휴식년제로 막혀 있어 접근이 어렵다.

반석평은 노비 출신임에도 당상관에 오른 조선 중종 때의 인물이다. 1534년 반석평은 봉의산에 올라 시를 짓고 그의 9대손인 반우한이 1725년 봉의산에 올라 바위에 조상의 시를 새겼다.

봉의산에 새겨진 시는 치열한 전장에서 죽은 이들을 위무하고. 비명에 간 이들의 상처가 덧날까 조심해 바위에 새겨진 글씨체도 화려함이 배제되었고 기교를 부리지 않았으며 바위를 깊이 파지 않아 마모되고 이끼가 끼어 글씨가 잘 보이지 않는다.

푸르게 높은 산 성인의 교화 입어
아름다운 이름 오늘날까지 전해지는데
봉황은 가고 풍류 소리 끊어졌으니
봉의산에 올라 홀로 슬퍼하노라.

성인의 교화를 두른 푸른 산
그 이름 아름다워 지금까지 전하였네.
봉황새 날아가자 태평 시대도 끝나버려

푸른 멧부리 성인교화(聖人敎化)띠고
아름다운 이름 상기 전하는데

봉황은 가고 풍류소리 끊어져

산에 오르니 홀로 쓸쓸하여라.

반석평(1472~1540)이 당상관에 오른 이야기

반석평은 조선 중종 때 문신으로 본관은 광주.(光州) 호는 송애(松厓). 그는 재상집 노비였다. 주인 아들 이오성이 공부하는 동안 어깨너머로 도둑공부를 하였으나 주인 아들보다 먼저 글을 깨우쳤다. 그의 재능을 알아본 주인은 노비 문서를 불태우고 가난한 양반집 양자로 보냈다.

반석평은 1507년 과거에 급제한 후 충청도 관찰사, 공조판서, 한성부윤, 형조판서를 역임하셨다. 1531년 성절사(聖節使)로 명나라에 다녀오셨다.

형조판서 시절 길을 가다가 옛 주인집 아들 이오성과 마주쳤다. 이오성은 집안이 몰락하여 가난하고 과거에 낙방하여 벼슬이 없었다. 반석평은 바로 수레에서 내려 옛 주인에게 절을 했다.

그의 출세를 시기하던 사람은 형조판서가 수레에서 내려 길거리에서 배회하는 걸인한테 절을 하였다. 기강을 바르게 세워야 한다고 상서를 올렸다.

반석평은 중종에게 자신의 과거 신분을 밝힌 후, 파직하고 이오성에게 벼슬을 내려줄 것을 간청하였다. 중종은 주인을 위하는 맘이 가상하고 정직하다며 반석평을 파직하지 않고 이오성에게 벼슬을 내려주었다. 청렴하고 겸공한 관리로 이름을 남겼으며 시호는 장절(壯節)이다.